日知文丛

行动者的写作

何 平 著

浙江古籍出版社

图书在版编目（CIP）数据

行动者的写作 / 何平著 . -- 杭州：浙江古籍出版社，
2022.1

（日知文丛）

ISBN 978-7-5540-2170-5

Ⅰ . ①行… Ⅱ . ①何… Ⅲ . ①中国文学－当代文学－
文学评论 Ⅳ . ① I206.7

中国版本图书馆 CIP 数据核字（2021）第 249948 号

日知文丛

行动者的写作

何 平 著

出版发行 浙江古籍出版社
（杭州体育场路 347 号　电话：0571-85068292）

网　　址	https://zjgj.zjcbcm.com	
责任编辑	周　密	
特约编辑	王钰哲	
封面设计	吴思璐	
责任校对	张顺洁	
责任印务	楼浩凯	
照　　排	浙江时代出版服务有限公司	
印　　刷	浙江海虹彩色印务有限公司	
开　　本	889mm×1194mm　 1/32	
印　　张	6.875	
字　　数	143 千字	
版　　次	2022 年 1 月第 1 版	
印　　次	2022 年 1 月第 1 次印刷	
书　　号	ISBN 978-7-5540-2170-5	
定　　价	45.00 元	

如发现印装质量问题，影响阅读，请与本社市场营销部联系调换。

自 序

"行动者的写作"是几年前我谈非虚构写作一篇短文的题目，这篇短文也收入了本书。另有《青年的思想、行动和写作》一文涉及青年写作和思想能力、社会实践之关系。这些年，有感于当下中国文学，尤其是青年文学，格局和境界越来越小，越来越逼仄，越来越收缩在一己悲欢，提出跨越文学边境的文学扩张主义，反复强调一个基本常识：有新青年才会有新文学。当然，这是常识，也是一个值得珍视的现代传统，五四新文学得以萌发一个很重要的因素是因为五四新文化提供的青年知识分子作为新的写作者。

当下青年写作者往往都接受了很好的大学教育，包括文学教育。他们在更开放的世界写作。但青年写作者并没有都像我们想象的那样理所当然地成为青年思想的时代前锋和先声。事实上，青年写作者不能只止步"文学"，做一个技术熟到的文学手艺人，还要回到"青年"的起点，获致真正"青年性"的思想和行动能力，重建文学和时代休戚与共的"命运共同体"。然后再出发，然后开始写作。

就我自己而言，虽不能算作青年，但近年依然以批评家的身份介入到中国当下文学现场，在《花城》杂志主持"花城关注"栏目五年三十期；和复旦大学金理教授发起上海－南京双城文学工作坊；为译林出版社主编"文学共同体""现场文丛"等书系，希望以自己的行动接通大学文学研究和前沿文学生产。和学理严整的学术论文和文学批评不同，收入本书的基本是对中国当下文学现场及时发声的随笔短制。故而，文风不拘，任性言说。

当下中国文学，正在发生什么？写作者在写什么？什么是我们时代的新文学？如此等等，我一直想象，我只是一个来自现场的可靠的"报信人"。

2021 年，秋天，南京

目 录

青年的思想、行动和写作

不能免俗，以小说为样本来观察中国现代文学。1918 年 5 月，鲁迅的《狂人日记》在《新青年》第四卷第五号发表，这个一百年前的"80 后"，是年 37 岁。按照今天对青年作家的想象，37 岁的鲁迅是一个不折不扣的青年作家。1923 年，鲁迅的小说集《呐喊》出版，这一年鲁迅 42 岁。1926 年，鲁迅的另一本小说集《彷徨》出版，这一年鲁迅正好 45 岁，在今天看来，依然是一个青年作家。鲁迅在发表《狂人日记》之前有过十年的沉寂期。扣除这十年不算，"青年"末年登场的鲁迅，为中国现代文学贡献了《呐喊》《彷徨》两本小说集。对于青年作家而言，45 岁之后再称为青年作家可能有些勉强了吧？因此，40 岁前后应该是一个作家关键的历史时刻，是应该写出他们一生中大多数重要作品的时刻。

今天的写作者，45 岁的，生于 1975 年。如果把 1978 年作为改革开放时代的元年，生于 1975 年的作家，这一年才三岁。那么可以说，今天，45 岁以下的青年作家都是生于改革开放时代的一代大致不会有问题。改革开放时代出生的一代青年作家包括我们今天常常说的"70 后""80 后"和"90 后"作家，如果对标鲁迅的《狂人日记》，对标鲁迅的《呐喊》《彷徨》呢？在同样差不多的年龄写出了怎么样的小说？是的，当以鲁迅为标尺的时候，我已经准备好你们怼我：中国现代文学史上有几个鲁迅呢？那就不举鲁迅好不好？就从今天再往前一点点，青年作家的兄长辈或者父辈的作家们，"40后""50后""60后"的作家们，他们在40岁前后及更早的年龄写出了什么？前一段给《文汇报》写一篇短文，正好整理了一下他们的写作、发表和出版情况，可以给出一个不完全的目录（注：姓名后数字为出生年份，作品后数字为该作品发表时作者年龄）：

　　张承志（1948）《黑骏马》（33）、《北方的河》（36）、《金牧场》（39），路遥（1949）《人生》（33）、《平凡的世界》（第一部）（37）、（第二、三部）（39），阿城（1949）《棋王》（35）、《树王》《孩子王》《遍地风流》（36），李锐（1951）《厚土》（36），史铁生（1951）《我的遥远的清平湾》（32）、《命若琴弦》（34）、《插队的故事》（35）、《务虚笔记》（45），贾平凹（1952）《商州》（32）、《浮躁》（34）、《废都》（41），王小波（1952）《黄金时代》（40），残雪（1953）《山上的小屋》（32）、《黄泥街》（34）、《苍老的浮云》（36），韩少功（1953）《爸爸爸》《归去来》（32）、《女女女》（33）、《马桥词典》（43），马原（1953）《拉萨河女神》（31）、《冈底斯的诱惑》（32）、《虚构》（33），王安忆（1954）《小鲍庄》（31）、《荒山之恋》《小城之恋》（32）、《锦绣谷之恋》（33）、《叔叔的故事》《长恨歌》（41），方方（1955）《风景》（32），莫言（1955）《透明的红萝卜》（30）、《红高粱》

（31）、《丰乳肥臀》（40），张炜（1956）《古船》（30）、《九月寓言》（36），铁凝（1957）《玫瑰门》（32）、《大浴女》（43），叶兆言（1957）《夜泊秦淮》系列小说（29—30），王朔（1958）《顽主》（29）、《动物凶猛》（33）、《过把瘾就死》（34），阎连科（1958）《年月日》（39）、《日光流年》（40），刘震云（1958）《一地鸡毛》（33）、《故乡天下黄花》（33）、《故乡相处流传》（34）、《故乡面和花朵》（40），林白（1958）《一个人的战争》（40），阿来（1959）《尘埃落定》（39），孙甘露（1959）《访问梦境》（27）、《信使之函》《请女人猜谜》（29）、《我是少年酒坛子》（30），余华（1960）《一九八六年》（27）、《现实一种》（28）、《呼喊与细雨》（31）、《活着》（33）、《许三观卖血记》（35）、《兄弟》（45），韩东（1961）《扎根》（43），陈染（1962）《私人生活》（34），虹影（1962）《饥饿的女儿》（35），苏童（1964）《1934年的逃亡》（24）、《妻妾成群》（26）、《米》（28）、《我的帝王生涯》（29）、《河岸》（45），格非（1964）《褐色鸟群》《青黄》（24）、《敌人》（26）、《人面桃花》（40），迟子建（1964）《伪满洲国》（36）、《世界上所有的夜晚》《额尔古纳河右岸》（41），毕飞宇（1964）《哺乳期的女人》（32）、《青衣》（36）、《玉米》《玉秀》（37）、《玉秧》（38）、《平原》（41），北村（1965）《施洗的河》（28）、《玛卓的爱情》（29），李洱（1966）《花腔》（35）、《石榴树上结樱桃》（38），东西（1966）《耳光响亮》（31）、《后悔录》（39），艾伟（1966）《越野赛跑》（34）……

"70后""80后"和"90后"作家的出版和发表情况，我们没有像这样作认真的统计。也许大家会说，"40后""50后""60后"这些作品的经典化是建立在旧的以期刊为中心的文学制度之上，是作家、编辑、批评家、大学教授这些文学寡头和政治意识形态合谋的结果，而且文学史的经典确认必须有一个时间的沉淀，那么，我们且寄希望于十年后，文学史也可以列出今天"70后""80后"和"90后"青年作家这样的一个作品目录，如何？

十年后开列目录，是要考虑到，和他们的兄长辈父辈作家相比，我们的文学批评和文学研究对今天这一代青年作家经典化没有尽到应有责任的因素。这种说法不能说完全没有道理，这一代作家成长过程中，尤其是同时代青年批评家没有及时到场，没有及时成为同时代青年作家的发现者、声援者和庇护者。

不同代际的青年作家身处在不同的文学时代。不都说20世纪是文学的黄金时代吗？（我对这种说法存有疑问，此处不论。）今天这一代青年作家最早的出场时间应该是20世纪90年代的中后期，文学市场化、媒介革命、文学阅读大众化能量的释放以及文艺生活的分众化、大众对文学重新定义的审美降格等等因素导致我们这里讨论的所谓严肃文学不再是一枝独秀。

要考虑到兄长辈父辈作家以他们积累的文学声名垄断了大份额的文学资源，这一点我们从期刊目录以及近些年文学评奖和文学排行榜大致可以看出端倪。我曾经批评过文学界取悦青年作家的"媚少"，但从文学资源垄断来看，所谓"媚少"，尤其是对刚刚起步的青年作家，更多像做慈善的给予，而取悦中老年作家、取悦成名作家"媚老"倒是一种常态。以期刊发表为例，除了传统的像《萌芽》《青年作家》《青年文学》《西湖》《青春》这些所谓的青年文学杂志，《十月》《人民文学》《收获》《花城》《钟山》《上海文学》《芙蓉》《作品》《山花》等老牌文学刊物都有专门的"文学新人"专辑和专栏。提携新人的姿态也算一种约定俗成的文学期刊的"政治正确"吧？

如此种种因素的考虑，希望落实到最后的这一点：今天这一代青年作家的写作正在进行中且未完成的现实。至少从生理年龄意义上，似乎前途可期。

说到文学制度，五四新文学以来所建立的培养和推介年轻作家的传统从来没有中断过。当然具体到某一个时代，为什么要培养和推介青年作家。各怀心思，各有旨归，也各有招数。1949 年之前，大家几乎都是青年作家，以期刊和出版为中心的培养和推介青年作家，其实是不断发现青年作家中更年轻更晚出更陌生的文学"素人"。而新中国则建立了一整套和政治想象配套的国家文学想象的"文学接班人"培养制度。这个制度不只是体现在发表和出版，而是深入到文学生产的每个细小环节。最典型的文学福利就是作协等专门机构养作家。在相当长的时间里，几乎所有青年作家的成长都被纳入"文学接班人"培养模式中，像江苏近年除了国家的各种人才政策，地方性的就有"江苏文学新方阵""青春文学人才培养计划"以及"名师带徒"计划等等。

　　就文学期刊而言，20世纪80年代开始，文学期刊有了一些自己的文学想象和小传统，比如像《收获》《人民文学》《北京文学》《上海文学》当时对青年先锋文学的宽容。但这种格局在20世纪90年代末后，发生了革命性的变化。一方面传统文学期刊式微，政府投入资金减少，文学读者流失；（注：近些年各级政府对文学期刊的投入开始增加，像《收获》《上海文学》《北京文学》《花城》《雨花》《扬子江诗刊》《作品》等都大幅度提高了办刊经费和稿酬）另一方面，每个刊物的"小传统"在国家文学想象之外拓展各自的边界，比如我在《花城》独立主持的以发现当下文学可能性为目标的"花城关注"已经进行到第五年第三十期。

　　更重要的是网络新空间提供了新的文学生产和作家成长模式。如果我们不把网络文学看作资本命名的"网文"，"70后"到"90后"这一代青年作家在被期刊承认之前，尤其是"85后"作家，几乎都或深或浅有网络写作的前史。像"ONE一个""豆瓣"等网络平台无可置疑地成为文学新人的摇篮。各种网络新媒体不仅仅为传统文学期刊源源不断地输送文学新人，而且已经事实上独立成和传统文学期刊存在审美差异性的文学空间。

　　从传统出版看，虽然刊号还是国家的垄断资源，但图书出版却提供了比文学期刊更大的自由。我注意到像理想国、后浪、文景这些出版机构的文学出版基本以青年作家的原创文学为主，他们正在成为青年作家成长的助推力量，比如理想国已出和待出的就有罗丹妮主持编辑的"纪实馆"：《我的九十九次死亡》（袁凌）、《回家》（孙中伦）、《大地上的亲人》（黄灯）、《北方大道》《死于昨日世界》（李静睿）、《飞行家》《猎人》（双雪涛）、《无中生有》（刘天昭）、《冬泳》《逍遥游》（班宇）、《夜晚的潜水艇》（陈春成）、《自由与爱之地》（云也退）等，李恒嘉、张诗扬主持编辑的"青年艺文馆"：《甲马》（默音）、《郊游》（荞麦）、《赵桥村》（顾湘）和《小行星掉在下午》（沈大成）等。值得注意的是，这里面的孙中伦、班宇、陈春成、黄灯等的作品都是他们的第一本"文学书"；后浪这几年除了港台原创文学，内地青年作家文学原创的出版也势头强劲，其"说部"系列就有：《佛兰德镜子》（dome）、《鹅》（张羞）、《台风天》（陆茵茵）、《大河深处》（东来）、《祖先的爱情》《保龄球的意识流》（陆源）、《纸上行舟》（黎幺）、《老虎与不夜城》（陈志炜）、《迁徙的间隙》（董劼）、《雾岛夜随》（不流）、《冒牌人生》（陈思安）、《隐歌雀》（不有）和《新千年幻想》（王陌书）等；文景则有：《我愿意学习发抖》（郭爽）、《请勿离开车祸现场》（叶扬）、《童年兽》（陆源）、《美满》（淡豹）和《胖子安详》（文珍）等，还有像楚尘文化，2019 年出版了"90 后"小说家周恺的第一部长篇小说《苔》，引起很大反响。这些出版机构有的是出版社衍生出的一个部门，有的是独立的工作室和图书公司。值得注意的是，有的出版社虽然没有独立出去自主运营的"部分"，在出版社内部也有类似的青年作家原创文学出版的板块，比如上海文艺出版社，由林潍克主持编辑的"青年作家原创书系"已经出版了《万物停止生长时》（赵志明）《兽性大发的兔子》（张敦）、《小镇忧郁青年的十八种死法》（魏思孝）、《金链汉子之歌》（曹寇）、《驻马店伤心故事集》（郑在欢）、《尴尬时代》（慢三）、

《看见鲸鱼座的人》（糖匪）、《对着天空散漫射击》（李柳杨）、《水浒群星闪耀时》（李黎）、《行乞家族》（锤子）、《嫉妒》（张玲玲）等。

为什么要耐心地梳理新世纪前后到现在二十年的文学制度，尤其是出版制度和青年作家成长的关系？确实，曾经大学、文学组织机构、批评家、刊物组成的当代文学制度，确实很不利于青年写作者的冒犯或者说创造性写作。过于强调的文学传统往往发展成"文学教条"，很难鼓励青年作家去写出特别出格的、冒犯的作品。但如果不拘泥传统的文学期刊为中心的文学场域，那些已经渐次打开的文学空间，其实已经为青年作家的写作提供远较他们兄长辈和父辈的可能性，但事实上却是，文学空间的边界拓殖并没有现实地带给青年文学更大的可能性。还以我在《花城》主持的"花城关注"为例，想象中有文学"可能性"的作家作品并不如预期的可以层出不穷。我和在后浪负责文学出版的小说家朱岳有过交流，他也是类似的感觉。而且值得警惕的是随着这两年的存量卸载，传统文学出版之外的出版机构能不能持续地找到他们想要的作者将是一个问题。

在我和金理召集的第三期2019上海—南京双城文学工作坊，批评家黄德海激烈地质疑我们文学的催熟制度导致青年作者"未熟"之作过于容易地发表。他认为：

> 青年写作，我们能不能再提一个叫"成熟写作"？不区分年龄，而按照一个作品的成熟度来看。我们一直鼓励青年的姿态会造成一个问题，矫揉造作的作风会呈现在我

们的视野，因为它不一样。而一个成熟的写作，会有意地收敛这个问题。在这个问题上，这些年我们对青年不一样的鼓励太多了，因此造成青年发表太容易了，也因此造成他的写作不遇到障碍，不会进步、不会思考，而是按照杂志要求的，你就这个路数，你给我这个东西，最后变成了我们参与了我们自己非常讨厌的同质化进程。我们一直说在反对同质化，青年写作都一样，但我们一直在用鼓励求新求变的方式来鼓励他们做这种事。（依据会议速记，未经本人审阅。）

那么，所谓那些"成熟"的青年作家呢？只要看看现在大众传媒和文学界推举的很多作为标杆的青年作家模范人物，他们的写作之所以被一整套文学制度异口同声地肯定，无非是他们写出像"我们想象中"的"成熟"之作和"风格"之作。这和过去说某人是中国的卡夫卡，某人是中国的马尔克斯，某人是中国的卡佛，有着一脉相承的文学思维。

手边有一本《钟山》杂志编辑出版的《文学：我的主张》。《钟山》自 2014 年以来，每年都举办一次青年作家笔会。每次笔会都有一场对话和研讨。对话和研讨的成果就是这本结集出版的《文学：我的主张》。说出"我的主张"的，除了少数"70 后"，几乎囊括了当下中国文学有一定影响的"80 后""90 后"作家。读这些"我的主张"，总觉得哪儿不满足。他们确实是"我的"，他们也确实在谈文学，谈文学阅读、师承、技术和审美理想等，但和"50 后""60 后"相比，并无年轻人应该有的新见和锐气，甚至连先锋姿态都没有，好像也只有甫跃辉和文珍等屈指可数的几个人谈到"我"和"我"的同时代人、"我"和"我"的时代以及"我"和同时代人的经验、知识，特别是精神的缺失。这些无穷分裂开去的无数的细小个体的"我"自觉还是无意地让"我"变得与历史和现实无关，成为同时代孤立无援的人。哪怕是从狭隘的文学和审美角度，他们不再自觉地意识到，更不要说警醒和反思"我"和作为"文学命运共同体"的"我们"之间的关联，更不要说和文学之外的"我们"更大的"命运共同体"。于是，"文学"和网络、移动终端上那些像病毒的"写作"一样不断繁殖。

而且，一个基本常识：青年文学的问题还不只是"文学问题"，还应该是"青年问题"。我曾经以蒋方舟近两年的两个文学项目做例子提出"文学的扩张主义"。希望通过文学的扩张启蒙来启动青年对当代中国提问和发声的问题意识和思想能力。在大文学、大艺术的框架里，青年人的合作和对话最终扩张了思想的边界。蒋方舟参与的两个文学项目中，《完美的结果》涉及的共和国工业遗址、工厂生活、城市记忆和家族经验，亦是与蒋方舟同时代的孙频、双雪涛、班宇、七堇年和比他们稍早的鲁敏等作者的文学资源。他们的《六人晚餐》《鲛在水中央》《平原上的摩西》《逍遥游》《平生欢》等小说家族和个人记忆或多或少纠缠着共和国的工厂记忆。《完美的结果》对共和国的工厂记忆的重建和编织只是起点。它继续前行，它前行的道路，按照蒋方舟预设的路线，不是成为一个被普通读者阅读的小说，而是转换成建筑、舞台置景、平面设计、多媒体、摄影等不同领域的媒介语言，文学参与、见证这场共同的"铸忆"，成为其中的引领力量、灵感和灵魂。

回过头看，五四新文学得以萌发的一个很重要的因素是因为五四新文化提供的青年知识分子作为新的写作者。五四新文学所开创的"新青年"/"新作家"同体的传统，在今天青年作家父兄辈还有稀薄的传承，但我们反观当下青年作家的"青年状况"呢？和父兄辈相比，他们接受了更好的大学教育，包括文学教育，在更开放的世界语境中写作，但青年作家没有理所当然地成为我们时代青年思想者和思想践行行动者的前锋和先声。我一直订阅"706青年空间""定海桥"和"泼先生"等微信公众号以及"单读"的杂志、微信公众号和APP。看这些青年社群的思想和行动——仅仅这几个微小的样本就可以对比出今天青年作家和他们的差距，不要说更多的青年社群。许多青年作家既不求思想之独立，遑论身体力行将思想实验于行动。极端地说，他们文学生活只是发育了丰盈的资讯接受器官，然后将这些资讯拣选做成小说的桥段，拼贴出我们时代光怪陆离却贫瘠肤浅的文学景观。

2020年开年武汉疫情之后，我也观察到一些青年诗人、作家在自媒体和公共媒介的发声和行动。我并不像有的人因为疫情中少数青年思想和行动的"有所为"就乐观地把"武汉"看作当下中国青年的（包括青年作家吗？）的精神成年人礼，看成一个精神成长的分水岭。我的判断来自对他们整个生命和精神历程的观察——包括我自己。事实上，在这一代青年作家的成长过程中，可以让我们"精神成人"的历史时刻还少吗？仅仅新世纪而言，"武汉"之前还有"非典"和"汶川"吧？只是一次又一次拒绝地，或者连拒绝都算不上，只是躲闪着，甚至享受着精神的"不成人"。因此，青年作家不要只止步"文学"的起点，做一个技术熟练老到的文学手艺人，还要回到"青年"的起点，再造真正"青年性"的思想和行动能力，重建文学和时代休戚与共的"命运共同体"。然后再出发，开始写作。

2020 年，疫中，南京。

"排榜"时代，假装被注意到的文学

2018 年 1 月 7 日，中国小说学会 2017 年度中国小说排行榜发布，我在微信朋友圈写道："排行榜，好书榜，年度多少种好书，某某报、某某周刊、某某网站年度十本好书，年度不能错过的多少本好书，榜榜皆江湖。"隔天，《亚洲周刊》2017 年十大小说发布，我又发一条微信："又一个榜单，和昨天中国小说学会发布的 2017 年中国小说排行榜长篇小说竟然无一重合。我很好奇，大家读的都是 2017 年中国长篇小说吗？"

要回答这个疑问，首先的问题，中国每年有多少和文学相关的榜？我粗略地再检索了下，一共找到 35 个，包含综合的图书榜、专门文学榜和分文体的小说、诗歌、散文榜等。这肯定是一个不完全的数字。就我手上的 35 个榜单看，最早的是 2017 年 11 月发布的第二届中国长篇小说年度金榜，"金榜领衔作品"是刚刚去世的红柯的《太阳深处的火焰》。最迟的是今年 2 月底出榜的《扬子江评论》(《扬子江评论》2020 第 1 期更名为《扬子江文学评论》) 2017 年度文学排行榜和中国作家协会年度网络小说排行榜。其中，《扬子江评论》2017 年度文学排行榜是"全国 38 位中青年批评家和 6 位重要文学期刊主编参与提名，全国 14 位著名批评家（含 7 位权威学术期刊主编）参加终评"的结果，是该年度评委阵容最豪华的榜单。

　　仔细看这些榜的发布，有原创文学刊物和专业文学批评刊物的，比如已届 29 年的《北京文学》当代文学作品排行榜、第十四届《当代》长篇小说年度论坛、第二届《收获》文学排行榜以及首届《扬子江评论》年度文学排行榜等；有文学研究团体的，如已经连续发布 18 年的中国小说学会年度中国小说排行榜；有新浪读书、豆瓣读书、腾讯等网站的好书榜，有人民文学出版社、作家出版社的"本版"十大好书，有《南方周末》《南方都市报》《新京报》《现代快报》《华西都市报》《人民日报》《中华读书周报》《中国青年报》《出版人》《作家文摘》等报刊年度好书，有深圳、昆明等城市读书月好书推荐，有单向街书店文学奖年度好书，有中国出版家协会文学好书榜、国家广电优秀网络文学作品推介、中国作家协会年度网络小说榜，有文学评论家王春林的"一个人的小说排行榜"……几乎我们能够想到的文学的管理、生产和消费环节都介入了"排榜"嘉年华。

　　统计发现，35 个榜前 21 位（最后 5 部入榜次数相同）的长篇作品和中短篇作品集按入榜次数多寡排列分别是：《劳燕》（张翎）、《梁光正的光》（梁鸿）、《平原客》（李佩甫）、《重庆之眼》（范稳）、《心灵外史》（石一枫）、《回望》（金宇澄）、《芳华》（严歌苓）、《早上九点叫醒我》（阿乙）、《吃瓜时代的儿女们》（刘震云）、《中关村笔记》（宁肯）、《国王与抒情诗》（李宏伟）、《飞行家》（双雪涛）、《奔月》（鲁敏）、《唇典》（刘庆）、《好人宋没用》（任晓雯）、《青苔不会消失》（袁凌）、《甲马》（默音）、《金谷银山》（关仁山）、《驱魔》（韩松）、《温柔之歌》（斯利玛尼)、《撒旦探戈》(拉斯洛)，入榜次数靠前的《劳燕》和《梁光正的光》均为9次，没有一部作品获得各类型榜单一致性的"共识"认同，包括改编成电影引起广泛讨论的《芳华》。20世纪80年代举国共读争说一部文学作品的盛况再难重现。这是文学在我们今天时代影响力式微到可以忽略不计，还是普通读者"分层""分众"，专业读者和普通读者趣味分裂的结果？原因应该是多方面的，对比上榜的两部外国长篇小说《温柔之歌》和《撒旦探戈》，能发现当下中国长篇小说普遍缺少对公共事件正面强攻和文学表达的激情和能力，同时亦未对文学形式革命提供新的可能性，而从文学启蒙教育开始就没有得到充分发育的国民审美趣味直接造成快餐速食式阅读产品生产的畸形繁荣，粗鄙的文学读物吸附了最大量的阅读者。所谓精英文学、严肃文学或者纯文学的阅读生态持续恶化，短时间不会有大的改观，而且这一类文学的从业者也逐渐接受了"小圈子"这一事实。时间既久，"小圈子"的"小文学"习焉不察。

　　同样，涉及文学期刊原创中短篇小说的中国小说学会、《收获》《扬子江评论》以及《北京文学》四大榜，大满贯的只有王安忆的中篇小说《向西向西向南》一部，入榜三次的也仅有孙频和张悦然的中篇小说《松林夜宴图》《大乔小乔》，万玛才旦、苏童和毕飞宇的短篇小说《气球》《玛多娜生意》和《两瓶酒》。值得注意的是这四个榜单的评委都是业界专业的批评家，且四个榜单的评委多有重复。如何解释"文学共同体"遴选出差异如此巨大的榜单？是因为每个榜单的文学立场、态度和趣味不同？应该有这个因素在。《北京文学》当代文学作品排行榜，一方面强调"客观公正、优中选优"；另一方面又认为"新时代的中国经验和中国故事是此次（2017年）上榜作品的一大亮点"，如此的"偏见"和"偏重"，如何保证榜单对该年度整体性不同风格中国文学的"客观公正"？按照中国小说学会会长雷达的说法："本年度的中国小说学会排行榜与近期已出的一些排行榜相比，上榜作品很少重复，交叉，恰好说明本年度小说作品可供选择的对象之丰富，文学创作持续繁荣的景象可喜可贺。"我有一点疑问的是在文学趣味相对固化、趋同的背景下，"可供选择的对象的丰富，持续繁荣的创作景象可喜"能不能产生"很少重复，交叉"的必然结果？还是不同榜单只是换了不同的人，但文学趣味依然是接近的？事实上，即使不按照雷达的说法，中国小说学会中国小说排行榜标识的在"公平、公正、准确的原则指导下"体现"学术性、专业性、民间性特色"理所应当也应该是有自己的立场、态度和趣味，但这带来另一个疑问，"学术性、专业性"和"民间性"之间是一种怎样的关系？他们之间可以并列吗？一个基本的常识，在当下中国文学"学术性和专业性"往往和"民间性"相忤的。同样有意思的是，中国小说学会入榜的五部长篇小说和文学评论家王春林"一个人的小说排行榜"前五部完全一样，只是排列顺序不同，而五部里排名第二，未能进入"《收获》榜"前十的鲁敏《奔月》原发刊物恰恰是《作家》，其他四部作品都来自《收获》。"2017收获文学排行榜"也有自己明确的立场、态度和趣味："文学性、经典性和独立性"以及"以更宽阔的文学理解来包涵和捕捉时代精品""公正、客观、权威""无论是科幻元素还是非虚构体裁，都在文学的天空下一视同仁同场竞争。作者，无论是文坛老将还刚冒尖的文学新秀，都平等地拥有被阅读、被关注的机会"。我当然不能就此揣度鲁敏的《奔月》不符合"《收获》榜"的立场、态度和趣味，但现在结果的差异也就体现在这一部作品上，我们当然有理由去想，如果不是文学的立场、态度和趣味，这个结果产生的原因会是什么？再有，"《收获》榜"单独拎出"科幻元素"和"文学新秀"，但还以榜单中的中短篇小说为例，没有一部小说有鲜明的"科幻元素"，而能够称得上新人的也只有万玛才旦、胡迁和董夏青青，这和科幻文学以及 90 后文学被广泛关注的 2017 年文学现场形成强烈反差。换句话说，"《收获》榜"并没有能兑现预期的对新兴文学的发现。以上分析也许不完全准确，但至少提醒我们注意，当下的文学研究者有多少真正地在"文学现场"。

面对可能的歧义纷呈，《扬子江评论》年度文学排行榜明确提出"共识视野"："'《扬子江评论》2017 年度文学排行榜'的设立，旨在通过评论家的共识视野，发现大时代里具有大格局、大气象的文学作品，推动当代文学繁荣发展。""老中青三代批评家共同参与，体现了批评家共识视野下的思想认知和文学审美。""共识视野"确实是一个有价值的观点。但如果所谓"共识视野"只是因为大家信奉的一脉相承的文学教条达成的"共识"，而不是彼此独立的文学观交锋之后的辨识和甄别，这样的"共识视野"其实是放大的文学教条。相反，如果基本的文学立场迥异，如何追求"共识视野"？"独立视野"的前提下，追求"共识视野"显然需要参与者充分的对话和协商。如果我们对比列年来《亚洲周刊》十大中文小说和中国小说学会中国小说排行榜，他们之间的文学立场、态度和趣味一直存在分歧，但和前几年相比，像这次的完全不同还是第一次。我们不能把这种差异性简单指认为不同文学空间背后的非文学力量在作祟。应该意识到，中国大陆近二十年文学生态和文学创作的巨大变化，与此同时文学研究和批评却没有有力地回应这种巨大的文学变化。不同文学榜单少重复不交叉并不意味着参与榜单的个体之间文学观的差异，相反，建立在不同文学观的个体之间的交锋和对话恰恰能够在动态中生成我们时代文学的"共识视野"。现在不同榜单入榜"人"的差异性可能掩盖了我们文学观的守旧和固化，入榜作家的鲜少重复交叉固然是事实，但入榜的不同作家之间几如一面，这要么是我们时代的文学匮乏创造力，要么是我们的研究和批评匮乏对文学现场的回应能力，就像我多年前以阎连科为例指出的，我们的文学批评家已经远远落后于作家。文学榜单，尤其是专业榜单的"文学新秀"不只是生理年龄的"新秀"，生理年龄的年轻同样可能写出谨守文学教条腐朽陈旧的文学，就像现在大量的"90后"作家写作。"新秀"是对文学可能性大的勘探和拓殖，因此，在这一方面，专业性文学榜单尤其要承担"新文学"前瞻的发微。

　　关于近年来图书和文学排行榜的大热，不能不考虑到新媒体的日新月异。某种程度上，"排榜"大热是新媒体时代的自然结果，如果没有大众对媒体资源的分享是不可能有这么多榜，有这么多榜也没有意义。而正是新媒体最大可能地介入到每个社会成员的日常生活，文学的"排榜"就不仅仅是一种封闭的

"文学批评"实践。如果不仅仅考虑"排榜"的文学价值，当下时代更多的文学"榜单"其实是"一种注意"，而"一种注意"除了文学价值，更多期待带来"注意力经济"，通过不断转发和复现，强迫受众"注意到"，但这种"注意到"并不必然带来更深入深刻的文学阅读。因此，在一个"排榜"时代，我们除了"注意到"榜单，就文学本身而言，如果肯定地"以假乱真"，以为是文学的繁荣，文学和我们之间的关系，至多是"假装被注意到的文学"。年头岁尾"嘉年华"一样的集中发榜，咸与转发，而转发就是最后结果，以至于"一种注意"成为"一种疲惫"。

即便文学"排榜"是媒体行为掩埋了文学行为，但研究这些榜以及这些榜背后不同力量的博弈还是有意义的。排榜即权力，也就是我说的"江湖"。谁在制作榜单？专业研究者要为文学立法，出版机构要套现，读者要表达意见，媒体要热闹，如此等等。当下的汉语文学世界已经分裂成不同的文学空间，这些不同的文学空间不是新世纪之前的彼此对立和对抗，而是相安无事，不相往来。不同的文学空间对应着是不同的阅读空间和读者群落，比如网络文学，就和我们传统文学之间的关系越来越弱。网络文学既不需要依赖传统媒介生产和传播，也不借助传统的文学评价和批评机制去经典化，这反映在排行榜中，除了基于对网络文学管理和引导的国家广电优秀网络文学作品推介和中国作家协会年度网络小说榜外，没有一个榜单关注到这个在当下有着庞大读者群的文学样态。不只是年度榜单，网络文学发展至今已经二十年，网络文学对中国当代文学版图的改写并没有被更大范围的所谓"学术性和专业性"人士注意到，像中国小说学会，作为一个专门的小说研究团体，其榜单都如此轻忽网络文学，不能不说遗憾。其实不只是网络文学，几乎和新世纪同步的类型小说崛起的客观事实在专业文学榜单很少被体现，相比较而言，媒体，尤其是网络媒体却表现出更宽容的文学趣味，像80后作家默音的《甲马》进入的三个榜单就分别是"豆瓣读书""新浪读书"和《南方周末》（年度虚构类）。对照中国小说学会榜单和历届茅盾文学奖获奖作品，中国小说学会排行榜几乎是茅盾文学奖的"备选"，既然如此，那自然不能要求它对"中国小说"有更宽广的接纳。这种接纳不只是应该是文学风格、类型和趣味意义上，比如，也是不同地理空间上的。和《亚洲周刊》十大中文小说面对整个华语写作不同，大陆几乎所有的榜单都不包括大陆之外的华语写作，也很少"多民族文学"在当下中国文学的呈现，这同样是一些遗憾。对于中国当下文学生态而言，"专业"和"专家"不能成为文学视野和趣味"专且狭"的代名词，期待文学榜单制造者的丰富，也期待自各种榜单可以看到更丰富的"中国当代文学"。

　　2017年榜单有一个榜单值得关注，就是"2017年度豆瓣读书榜单中国文学（小说类）"。这个包含了袁哲生、严歌苓、默音、双雪涛、刘震云、文珍、李静睿、弋舟、孙频和张怡微等小说家的榜单，一定意义上是一个普通读者的"阅读"榜单，而不是专业读者的"研究"榜单。在整个2017年文学榜单中，这是一个最"年轻态"的榜单，十位小说家中80后作家占了其中6席。"豆瓣读书"这样的新文学媒介，寄生网络，却不生产和消费我们常说的"网络文学"，类似的还有"one 一个""简书"等，还有大量的微信公号，比如"未来文学""骚客文艺""飞地""正午"等等，他们中大多数是新世纪以来的文学新人类，也有从以纸媒为发表和阅读平台的传统文学领地迁移过来的"遗民"和"移民"。他们正在集结新的文学群落，滋生新的文学趣味，同时也正在获得新文学命名的权力。

来吧，让我们一起到世界去

　　这个专题的作家都是新世纪后抵达世界各地的，他们是全球化时代的新人，新青年。他们的写作也是真正的"新"，只是因为他们生活、学习或者工作在海外，才把他们临时聚集到新海外华语文学的名目下。其实，没有这个名目，他们一样写作；甚至没有写作，他们一样有其他的生活。

　　近年来，文学研究界有一种声音，希望中国当代文学可以收编"海外华语文学"。只是有一个小小的疑问：如果"中国当代文学"收编台港澳及海外"华语文学"，在一个中国的框架下，内地和台港澳文学共同体的想象性建构自然没有问题。但中国之外的"海外"呢？我们能不能因为这些年屈指可数几个北美华语作家的"中国化"就可以直接将"海外华语文学"纳入中国当代文学版图？必须看到，这些作家的"中国化"和强劲的中国内地文学阅读市场之间客观上存在着的隐秘关系——服务于中国内地读者，自然要考虑到中国内地读者的审美心理和审美需求——确实，他们的写作怎么看都越来越像中国内地作家。但"海外华语文学"不等于"北美华语文学"；"北美华语文学"也不等于这几个在内地"高曝光"的小说家，当然也不等于小说。我让研究生检索了一下北美华语作家写作情况，据不完全统计，20世纪90年代以来有长篇小说出版的华语作家就有 50 余位，而收入米家路主编的"旅美华人离散诗歌精选"《四海为诗》的华语诗人也有 20 余位，这么大体量涉及不同文类的北美华语文学真的要收编到中国当代文学，中国当代文学没有观念性和结构性变化恐怕很难完成。何况，比如黄锦树、黎紫书等"马华作家"，早已经是所在国文学的一部分，从审美趋同性可能很难被纳入中国当代文学版图。

无论是文学观，还是文学实践，一些海外华语作家似乎仍然纠结于冷战背景。我觉得比冷战背景更早的还有"五四"那一代作家所揭示的"弱国子民"心态。事实上，"冷战""异乡""离散""边缘""孤独"这些都是常常用来解读海外华语作家的关键词。冷战的世界政治格局终结于 20 世纪 90 年代，但冷战思维及其左右下的审美心理在当下并没有完全涤除和终结。我注意到最近几次中国内地关于海外华语作家到访的媒体报道，"异乡""离散""边缘""孤独"等等仍然是海内外共同交流的起点和关键词。我承认人在异乡与生俱来的孤独感，这不单独地属于某一个时代、某一个国族、某一个代际，它是人类的和世界的。问题是一样的孤独感，随着中国想象世界和世界想象中国的不断变化，几乎和中国现代文学史一样长度的海外华语文学发生了哪些变化？我发现许多到访中国内地的海外华语作家越来越熟悉"当下中国"想听什么，他们也毫无违和地说出"当下中国"想听的。他们被"当下中国"需要的文学观念塑造着，"当下中国"也假想他们符合我们预设的观念，甚至有的海外华语作家径直冲着这些彼此熟悉的文学观点和语言而来——从"捞世界"到"捞中国"的微妙转换。这样的结果，某些海外华语写作部分，将会成为另外一些更为复杂的海外华语写作部分的遮蔽物，进而妨碍我们对海外华语文学丰富性的观察。不可否认的是，冷战时代成长起来的作家在20世纪90年代全球化时代来临之后，思维方式、审美心理和文学观等自然会有一些调整，因而，比如严歌苓、张翎、陈河等这些对当下中国影响很大的海外华语作家的文学创作与冷战时代，与汉语写作在北美的边缘化，以及与中国内地阅读市场关系，甚至他们三位作家为什么近作都要趋同性地集中在"个别"题材，需要进一步去勘探和厘清。这些出生于20世纪50年代的华语作家，现在，他们和中国内地"50后"作家共用着差不多的题材和主题，"海外"有没有提供他们的差异性？而同样共同拥有北美的"海外"经验，他们各自的差异与趋同和哈金这样也出生在20世纪50年代内地的非母语写作的华裔作家为什么完全不同？而同样是华裔的英语写作，出生于20世纪50年代美国的谭恩美和出生于中国内地的哈金的差异性又在哪里？我没有专门做过"海外华语文学"研究，但无论从中国现当代文学学科疆域拓展，还是我这个栏目的编辑策略，即使是北美地区，也希望介绍比严歌苓、张翎、陈河、范迁等，甚至比陈谦、曾浩文、袁劲梅等更年轻的海外华语作家，这些作家基本是20世纪八九十年代抵达北美的。

我们只要想想，中国内地文学，"50后"作家之后已经历多少代际的更迭，而如果我们观察"海外华语文学"还局限于这可数的几个"50后"作家将会有多少的作家被湮没掉。不只是年轻代际，从地理空间的角度，我们的观察和发现也应该从北美和东南亚这些传统的海外华语文学重镇扩张到整个"地球"。

追随"华语"（汉语）在世界的旅行，哪儿有华语，哪儿就有可能发现"华语文学"的踪迹。还有一个问题，就是文类的多样性，"海外华语文学"不等于"海外华语小说"。基于这些面向，这个专题介绍了在美国的倪湛舸和何袜皮，在法国的胡葳，在英国的王梆，连同之前我栏目介绍过的在美国的朱宜，在澳大利亚的慢先生，我希望在更辽阔也更年轻的文学版图上重审和再思"海外华语文学"。

有一点是肯定的，这些年轻的写作者都共享了中国内地改革开放的成果，在"中国崛起"和全球化背景下"到世界去"。当"到世界去"不再特殊、个别，"在世界"写作自然也是常态。奇观化写作可能存在的一个重要理由就是彼此隔绝。关于年轻一代海外华语文学，倪湛舸提供了有价值的观察思路，她认为：

　　现在的"海外华语写作"（如果我们先搁置如何定义这个概念）更像是资本主义上升期的欧美文学。十七、十八、十九世纪那会，欧洲贵族男青年，后来渐渐普及到中产阶级再是女性，要游历欧洲感受各地文化，还有跑得更远的去亚非拉殖民地猎奇，二十世纪美国兴起后，海明威那些作家也要跑到巴黎待着，顺带着探索或者想象一下北非西亚啥的。所以他们有东方主义的话语，而这套话语的政治经济基础是资本主义大帝国。二十一世纪，内忧外患当然还在，但中国确实今非昔比，确实有海量人口短期或者长期出国，所以"新"的海外华语写作，无论追求的是严肃还是娱乐，开拓性实验还是再发明传统，都在渐渐地把中国当作主体而非客体，开始追求以中国为立足点的东方主义甚至西方主义的想象，这是以新一代的庞大中产阶级群体为消费对象的。

　　确实，"新"的"海外华语文学"联系着新的地缘政治，联系着年轻一代如何想象中国，联系着"我"和中国的关系等问题。再有一个就是新媒体和海外华语写作，这是年轻写作者开始写作时和前辈作家完全不同的"世界地图"。在新的世界地图，他们标识中国在世界的位置，也体验着他们所理解的"我"、中国和世界的新的关系方式——"渐渐地把中国当作主体而非客体"，年轻一代海外华语作家确实可能拥有着"异乡""离散""边缘""孤独"等等主题词，但这些新世纪"到世界"的新人、新青年也发展着属于他们的空前自信——再造海外中国人形象的同时，也再造新的海外华语文学。事情正在起着变化，在微信交流中，倪湛舸认为："新媒体在重新定义时空，民族国家的界限和信息社会的所谓无边界之间有拉锯"。观察中发现，这个专题的四位作者都有长期的网络写作经历，但他们的网络写作和大陆的网络文学并不全是一回事。而且，倪湛舸、何袜皮和胡葳都在她们各自居留的国家接受了博士教育，这直接影响到她们的写作风貌。还不只是各自的教育和学术背景，比如王梆的性别意识在英国被特别强调出来。和前辈华语作家相比，年轻一代更自我，或者新的网络媒体使得她们的读者有可能突破狭隘的国家疆域，分布在世界各地，她们有的写作年龄并不短，但无一例外都没有成为畅销书作家。

　　最后要特别提出语言的问题。这个专题的四个作者（指何袜皮、倪湛舸、胡葳和王梆）都有双语背景。在专题准备的过程中，我和燕玲主编、小烨讨论过胡葳的小说，一致感觉，小说的语言像"翻译小说"。可事实上，这却是胡葳的自觉选择，她认为："比如语言：大体上，我不写不能转换为西文的句子，有时，我甚至会先用外语来思考一句话。这可能与我渐渐习得了用法语研究写作有关。我和一些有海外经历的作者或西文作品的编辑交流过，这种情况不是独有的。实际上我觉得这是中文写作的一种很有趣的尝试。掺入外语的思考，有助于我更准确地为想表达的东西塑形。汉语很自由，它允许写作者探索属于自己的母语。"而王梆的中英文问题诗背后其实也存在汉语文学语言的再造问题。王梆所说的语言中的孤独感，不同于"落后就要挨打"国族的世界地位的等级体认，后者和一百年前相比已经部分获得纾解。可以说，人在异国他乡，一个时代有一个时代的孤独感。我关注的是王梆先英语然后汉语这个过程中英语对汉语可能带来的影响。在以不以中英双语方式发表王梆的诗歌的问题上，年轻的小说家朱婧和我有过激烈的争辩，她担心在一本汉语文学期刊上发表英语诗歌会成为一种噱头。而我希望借助王梆英语诗歌写作尝试做样本，看到年轻一代非母语写作的困难和努力，以及对汉语可能和有限度的反思，这一点恰恰和胡葳的小说语言实践殊途同归。"五四"前后，"文学的国语""国语的文学"被提出来，地球上的不同语言成为"国语"的重要武库。而随着这些从容地旅行在母语和非母语之间年轻的"海外华语作家"大量涌现，将会对汉语、对汉语文学语言带来怎样的影响？这是一个在进行中未完成的话题。

　　老派的海外华语作家还在热衷于讲出口转内销的"中国故事"，而最年轻一代的海外华语作家已经给自己设定了"成为一个'世界主义（cosmopolitanism）'的作家"的目标，这中间发生的变化，值得我们去玩味。而即便是"中国故事"，类似何袜皮的《塑料时代》是不是提供了一种新的讲法？（本文为 2019 年第 1 期"花城关注""新海外华语作家"专题导言。）

　　　　　　　　　　　　　　　　　　　　　　　2018 年深秋南京

"文学策展"：让文学刊物像一座座公共美术馆

现代期刊制度和稿酬制度的建立是中国现代文学成为可能的一个重要前提。一部中国现代文学史某种程度上就是一部现代文学期刊史，反之亦然。上个世纪末，文学期刊在经历了20世纪70年代末开疆拓土的复刊、创刊和20世纪80年代的极度繁荣之后，在文学市场化的大背景下，纷纷陷入读者流失、发行量剧减乃至举步维艰的困境，以至于当时甚至有人喊出"必须保卫文学期刊"。

确实，文学期刊是整个文学生态的一部分，谈论文学期刊的前途和命运自然要放在这20年整个文学生态上谈论。关于当下中国文学生态：经过近二十年网络新媒体的洗礼，全民写作已经是每时每刻都在我们身边发生的"文学"事实。大众分封着曾经被少数文学中人垄断的文学领地，那些我们曾经以为不是文学，或者只是等级和格调都不高的大众文学毫不自弃地在普通读者中扎根和壮大，进而倒逼专业读者正视、承认和命名，文学的边界一再被拓展。基于交际场域的文学活动，网络文学当然不可能是我们原来说的那种以文学期刊发表为中心的私人的冥想的文学。它的不同体现在围绕从即时性的阅读、点赞、评论和打赏，到充分发育成熟的论坛、贴吧以及有着自身动员机制的线下活动等等"粉丝文化"属性的交际所构成新的"作者—读者"关系方式。这种"作者—读者"的新型关系方式突破了传统相对封闭的文学生产和消费，而文学期刊是维系传统文学生产和消费的一个重要中介。

在很多的描述中，我们只看到新世纪前后文学刊物的危机。而事实上，发生在上个世纪末的文学期刊生存危机，同时未尝不是一场自觉的文学期刊转型革命，目标是使传统文学期刊成为富有活力的文学新传媒。这种对文学期刊"传媒性"的再认识意义重大。和狭隘的"文学期刊"不同，"文学传媒"的影响力更具有公共性。《芙蓉》《作家》《萌芽》《科幻世界》是世纪之交较早地确立了"传媒性"的文学刊物。近年上海创刊的《思南文学选刊》和改版的《小说界》也都是"传媒"意义上突出的文学期刊。

新世纪以来，以《天南》《独唱团》《大方》《文艺风赏》《文艺风象》《鲤》《最小说》《信睿》《超好看》《九州幻想》等新创文学刊物或MOOK为代表的文学新媒体变革对文学影响很大。和传统的文学期刊不同，这些文学新媒体不再坚持诗歌、散文、小说、文学评论按文类划分单元的传统格局，而是在"大文学""泛文学"的"跨界""越界"观念左右下重建文学和它所处身时代，和读者大众之间的关系。而文学APP"one 一个""果仁小说"，电子杂志《极小值 Minimum》以及"豆瓣""简书""网易人间""腾讯大家"和文学主题的微信公号"骚客文艺""志怪MOOK""泼先生""正午故事""飞地""未来文学""比希摩斯的话语""象罔""小众""黑蓝"等等区别于大型商业网文平台的新媒体文学传媒层出不穷，这些文学新传媒有的是网络时代"全民写作"的产物，有的则是专题性质和同人趣味，他们和传统文学期刊的关系值得研究。

　　需要特别指出的是，《文艺风赏》《鲤》《独唱团》三本刊物的意义还不止于此。我们虽然有《萌芽》《西湖》《青年文学》《青年作家》《青春》这样发表青年写作的刊物，《收获》《人民文学》等刊物也以发现文学新人为己任，但这些刊物并不是严格意义上的青年自己主导，能够充分实践他们文艺观的刊物。《文艺风赏》《鲤》《独唱团》三本刊物的主编分别是笛安、张悦然和韩寒三位广有影响的"80后"作家。只有这些刊物出现，"青年"的独立性才得以兑现。《鲤》的"同人"、《独唱团》的"思想"以及《文艺风赏》的开放的审美观，将三本刊物放在一起比较，可以发现三本刊物都在努力拓展着中国年轻一代的文学阅读和写作生活，他们不是彼此取代，而是各擅其长。《鲤》是有着强烈问题意识的主题书，每期以一个当代青年的精神性问题作为刊物思考的原点，文学和青年的心灵现实构成一种互文的独特文本。从某种角度说，从2008年至今，《鲤》的十几个主题是一部中国青年的精神史长篇。在他们，刊物都不是传统意义上只发表文学作品的刊物，而是跨越文艺和生活，文学和其他艺术样式的界限，彼此共生共同增殖的平台和空间，笛安将《文艺风赏》命名为"文艺志"。从单纯的"文学刊物"到综合性的"文艺志"，这对当下中国庞大的文学期刊的转型和变革应该是有启发意义的。

　　2016年初，在和《花城》朱燕玲主编商量"花城关注"栏目时，我们就在想"花城关注"该给当下中国文学做点什么？该怎么去做？栏目主持人的办刊方式从20世纪80年代以来就被许多刊物所采用，比如《东方纪事》《大家》《芙蓉》《花城》《山花》等。事实上，栏目主持人给这些杂志带来了和单纯文学编辑办刊不同的风气。批评家现实地影响到文学刊物，我印象最深的是某一个阶段的《上海文学》和《钟山》，陈思和、蔡翔、丁帆、王干等批评家的个人立场左右着刊物趣味和选稿尺度。从大的方向，我把"花城关注"也定位在批评家主持的栏目。

"花城关注"自2017年第一期开栏。到目前为止做了11期，关注了32位小说家、散文写作者、剧作家和诗人，其中有三分之二的作家是没有被批评家和传统的文学期刊所充分注意到的。11期栏目涉及的11个专题包括：导演小说的可能性、想象和文学的逃逸术、代际描述的局限、话剧剧本的文学回归、青年"伤心故事集"和故乡、科幻如何把握世界、文学的边境和多民族写作、诗歌写作的"纯真"起点、散文的野外作业、散文写作主体多主语的重叠以及"故事新编"和"二次写作"等等。

"花城关注"这个栏目对我的特殊意义在于："主持"即批评——通过主持表达对当下中国文学作品的臧否，也凸现自己作为批评家的审美判断和文学观。据此，每一个专题都有具体所针对中国当代文学当下性和现场感问题的批评标靶，汉语文学的可能性和未来性则成为遴选作家的标准。在这样的标靶和标准下，那些偏离审美惯例的异质性文本自然获得了更多的"关注"，而可能性和未来性也使得栏目的"偏见"预留了讨论和质疑的空间。

至于"文学策展"是在我读了汉斯·乌尔里希·奥布里斯特的《策展简史》所想到的。2006 年，他采访费城美术馆馆长安妮·达农库尔时，用"策展人是过街天桥"的说法问安妮·达农库尔"如何界定策展人的角色"？安妮·达农库尔认为："策展人应该是艺术和公众之间的联络员。当然，很多艺术家自己就是联络员，特别是现在，艺术家不需要或者不想要策展人，更愿意与公众直接交流。在我看来，这很好。我把策展人当作促成者。你也可以说，策展人对艺术痴迷，也愿意与他人分享这种痴迷。不过，他们得时刻警惕，避免将自己的观感和见解施加到别人身上。这很难做到，因为你只能是你自己，只能用自己的双眼观看艺术。简而言之，策展人就是帮助公众走近艺术，体验艺术的乐趣，感受艺术的力量、艺术的颠覆以及其他的事。"和艺术家一样，当下中国，写作者和读者公众的交流和交际已经不完全依赖传统的文学期刊这个中介。更具有交际性的网文平台，豆瓣、简书这样基于实现个人写作的网站，博客微博、微信公号等从各个面向挑战着传统文学期刊，传统文学期刊即使变身"文学传媒"，其交际性也并不充分。

"文学策展"从艺术展示和活动中获得启发。与传统文学编辑不同，文学策展人是联络、促成和分享者，而不是武断的文学布道者。其实，每一种文学发表行为，包括媒介都类似一种"策展"。跟博物馆、美术馆这些艺术展览的公共空间也是类似，文学刊物是人来人往的"过街天桥"，博物馆、美术馆的艺术活动都有策展人，批评家最有可能成为文学策展人。这样，把"花城关注"栏目想象成一个公共美术馆，有一个策展人角色在其中，这和我预想的批评家介入文学生产，前移到编辑环节是一致的。

作为刊物编辑行为的"文学策展"最容易想到的就是文学从其他艺术门类获得滋养，也激活其他艺术，像栏目做的导演的小说、话剧、电影诗剧、歌词等等。文学主动介入到其他艺术，从文学刊物的纸本延伸到纸外，对于文学自身而言是拓殖和增殖。

一个策展人，尽管今天可能策展这个，明天策展那个，但好的策展人应该首先是好的批评家，应该有批评家的基本趣味、立场和审美判断贯穿每一次策展，即便每一场展览的表达和呈现方式不尽相同。这种基本趣味、立场和审美判断决定了"花城关注"每一次"文学策展"是否具有前沿性。而正是这种前沿性建立起策展人，或者批评家和文学时代的关系，凸显文学刊物与图书出版不同的即时性和现场感，比如最新一期的"从'故事新编'到'同人写作'"，基于敏感到我们文学时代的某些部分正在以"同人写作"的方式呈现出来，而这些在网络上发生的文学现象已经现实地影响到年轻一代的文学创作，却没有引起我们足够的重视。无论是以趣味吸引族类的动漫和Cosplay，还是蔚然成为一种类型的同人写作（CP文），在新媒体平台上此类生产有更芜杂丰富的形态。至少在我的认知里，多数的研究者并不认为这可以被视为一种文学现象，至多是"文娱"现象。

值得注意的是，前沿性不等于唯新是从，也是一种文学史视野下的再发现，比如2017年第6期的"科幻"专题思考的，除了写实地把握世界，可以荒诞地，也可以魔幻地把握我们的世界，而今天，"科幻"是不是一种面向未来，把握我们世界的世界观和方式呢？比如 2018 年第 1 期的"多民族写作"专题提出的问题，没有被翻译成汉语的其他民族作家的作品如何进入中国当代文学史的叙述？

以"文学策展"的思路观察中国当代文学期刊史，像 20 世纪 80 年代《收获》的先锋作家专号，《钟山》的新写实小说，《诗歌报》《深圳青年报》的中国现代主义诗群大展，20 世纪 90 年代的现实主义冲击波、联网四重奏，《芙蓉》的重塑"70 后"，新世纪《萌芽》的新概念作文大赛，《人民文学》的非虚构写作等等都应该是成功的"文学策展"。从这种意义上，所谓的"文学策展"是寄望文学期刊在整个文学生产、文学生态和文学生活的丰富现场成为最有活力的文学空间。可是事实却是当下中国文学如此众多的文学期刊，完成了从"文学期刊"到"文学传媒"只是少数，而能够有意识地进行"文学策展"的又是少之又少，这样的结果是文学期刊为中心的当代文学部分越来越成为保守僵化、自说自话的"少数人的文学"。

这些改革开放时代的儿女们如何消化和书写他们的时代?

　　这一次选一个小切口,看看年轻作家和他们的时代。"凤凰网·读书"曾经做过一个"六十年家国系列"的专题。其中,关于"国家阅读史"有一篇《六十年语文课改与国家变迁》观察到:"1978 年,这是一个真正的新纪元的开始,中小学生们拿到了和过去十多年完全不一样的新书。""这一年的《全日制十年制学校小学语文教学大纲》(试行草案)中,有关语文这门课程的特点被表述为'思想政治教育和语文知识教学的辩证统一'","进行了教学内容的现代化改革"。这篇六十年语文课改史举了 1978 年版小学语文第一册做例子:在三篇政治内涵课文之后,紧接着的五篇课文都是有关科技、自然、社会的内容,并通过简单的内容对学生进行潜移默化的"爱"的教育。这些课文依次是:《水电站电灯电话电视机电的用处大》《水稻小麦棉花花生今年又是丰收年》《老师学生叔叔阿姨爷爷奶奶爸爸妈妈哥哥姐姐弟弟妹妹新村里,人人爱学习,个个爱劳动》《太阳地球月亮人造卫星我们住在地球上》《年月日时分秒我们和时间赛跑,奔向二〇〇〇年》。不仅如此,课文篇目里也出现了《小猫钓鱼》《乌鸦喝水》等中外经典童话和寓言。在随后的 1980 年,国家对中小学的语文教学大纲进行了修订,第一次提出了"思想政治教育必须根据语文课的特点进行，必须在读写训练过程中进行"的要求。

为什么要从教材改革说起？只是提醒大家注意，1970年代以后，出生的改革开放时代的孩子们，即便有的生于改革开放时代之前，但他们的学校教育正是思想解放和现代人文精神的回归、复苏和重建之时。而且，1970年代前期，我们从尼克松访华、中日邦交正常化以及恢复中华人民共和国在联合国组织的合法权利等也能发现，中国和世界的关系正在发生变化。这应该是他们和前辈作家完全不同的人生起点，他们享受着改革开放的成果，整个生命成长都是在改革开放不同的历史阶段展开。虽然他们可能如生于1970年的魏微所说："像所有年代出生的人，他们安静地生活，无知无觉地成长。上学，工作，谈恋爱，结婚生子，慢慢地负起责任来。一切枯燥之极，也偶有抱怨，也偶有抱怨，因为辛苦，劳累，为千百年来就存在的道德感所约束着。"（魏微：《关于70年代》）但不一样还是不一样，"时间"又一次开始了。

干脆接着选魏微的成长做样本吧。2002年，魏微连续在《青年文学》发表了"我的年代"系列。在她的记忆里，"70年代的日常中国，一切都是混杂的，泥沙俱下的"，但"日常1976"对于"魏微们"而言，"那一年也不过才五六岁，是个学龄前儿童，在幼儿园上大班，她梳着羊角辫，穿着及膝的花布裙子，一蹦一跳地走在父母中间。"（《日常1976》）2001年，魏微31岁，她把这些童年记忆写进她的《一个人的微湖闸》。

"魏微们"的20世纪80年代，"就像夏日的农贸市场，充满了各种奇怪、不相干的尖叫声。人们从四面八方赶到这里，走走停停，心存很多幻想，可有时也是茫然的。""而这一代的少年呢，他们正在安静地成长。……他们并不知道，这是一个活泼向上的年代，每天都在生长，正如'日新月异'。""1984年的风气已经很开放了"。（《成长1984》）"1988年来了。"这些改革开放时代的孩子们应该是1988年开始他们的大学生涯。如果上中专或者中师这些"准大学"，则更早，1988年，他们毕业了，大多数回到出生地的小城小镇工作，也有运气好的留在大城市里。"从前，这一代的孩子也是老实巴交的，听话，温良，顺从，如果时代不变迁，他们大抵是还会如此这般的。可是这中间经过缓慢的成长，革命，旧思想的死与衰亡……一下子到了20世纪80年代。""各种新思潮来到了80年代，卡夫卡、萨特、康德和叔本华……挤满了中国青年略嫌单纯稚嫩的头脑。他们不满足了，开始反思，批判。""崔健就这样传至1988年我的家乡小城。"（《1988年的背景音乐》）魏微阅读记忆里还有金庸、琼瑶和三毛等等，所有的这一切和我的记忆是重叠的。因为初三复读，生于1968年的我，1988年9月开始读大学。写这篇文字，查了当时我的借书证——那时南京师范大学的借书证是红色塑料封面的小本子，我借的书除了魏微说的这些，还有《重放的鲜花》、再版的民国出版物以及同时代当红作家的作品集。萨特的《存在与虚无》，中文系很多学生都有一本，厚厚的一本。貌似不是为了看，只是为了有一本。也是在20世纪90年代初，我在南京五台山体育馆看了崔健的现场演出，应该是"新长征路上的摇滚"全国巡演的"南京站"。

魏微说："我是在很多年以后，开始写作时才发现这一点的。那就像偶然推开了一扇门，发现里头的房间构造、家具摆设、气味、人物都是自己熟悉的；亦或是误入一条交叉小径，起先是茫然的，可是顺着它的纹理走下去，却别有洞天，越来越自由。"比魏微更年轻的作家孙频也说过："我们青少年时代经历过的变革，虽然貌似与我们无关，但其实我感觉这个东西是我一直都没有消化掉的，所以有一天会写出来。"（《通往文学之路》，《青年文学》2002 年第 4 期。）

最近的新冠肺炎疫情，全世界同此炎凉。网络上有许多超出疫情本身的讨论，甚至争辩和激辩，很有价值。自然地，有讨论就会有立场、观点、表达，以及立场、观点、表达的共识和分歧。往往是，我们很看重，也很容易看到不同代际的差异性，甚至分道扬镳，彼此撕裂。我们并不否认代际观察先天的局限，也不否认每一个代际都会有出"代"成"个"的独异者，但同样不能否认的是，一个时代的共同经验往往来自代际体验的合并同类项，比如像有人提出改革开放时代出生的年轻人如何认识改革开放的问题，这其实预先假定这个时代的年轻人在此问题上出现了不同前辈们的新动向。

事实上，这个问题具体到当下文学书写上同样值得观察。和改革开放时代的这代年轻人不同，从 20 世纪 20 年代出生的汪曾祺、林斤澜、高晓声、陆文夫等到 60 年代中后期出生的格非、迟子建、毕飞宇、麦家、东西、艾伟等，他们进入改革开放时代，他们书写改革开放时代都有过去时代的经验做参照系，所以，他们写改革开放时代，自然而然地也都从过去时代的历史逻辑向下生长。而改革开放时代的年轻作家们，如果也要建立过去和他们时代的历史逻辑，则是回溯式的。弋舟的《随园》，徐则臣的《北上》，葛亮的《朱雀》《北鸢》，笛安的"龙城三部曲"，孙频的《松林夜宴图》，张悦然的《茧》，默音的《甲马》……这些小说都涉及在家族世系的传递上识别和再认"我是谁？"而一旦回溯当代家族史必然回避不了更大范围的"当代史"，这个更大范围的"当代史"在当下书写中充满着晦暗和禁忌，但同时也赋予小说"历史感"。2019 年，《中华文学选刊》向活跃于文学期刊、网络社区及类型文学领域的 117 位 35 岁以下青年作家（1985 年及以后出生）发去调查问卷，提出了 10 组问题。其中问题 8："是否认同历史感、现实感的匮乏与经验的同质化是当代青年作家普遍面临的问题？你认为自己拥有独特的个人经验吗？" 1985 年和 1970 年，中间隔了 15 年，如果问题的设计者想象的"历史感"是这种"却顾所来径"的对当代何以成为当代的追问？如果不靠田野调查和文献阅读，单单凭借向壁虚造的想象和虚构，显然不能胜任，自然是"匮乏"的。至于现实感的匮乏，则可能涉及我们如何看待现实的轻与重。我们的文学传统上计量一个作家书写现实的重量所取的计量单位可能是所谓的"大时代"，而且在过去和现在对比上，也习惯强调过去时代作为民族记忆之"重"，一旦年轻作家的"现实感"不能在这两个重量级上满足想象，可能就会被诟病为"匮乏"和"同质化"。和前辈们相比更年轻的写作者，什么是他们理解的历史和现实？班宇认为："一个人的变革可以由外部催生出来，那些荒诞的景观、动荡的时代，确实值得书写，但也可以完全是个体精神上的，这种也很剧烈。卡佛、耶茨、厄普代克所身处的那个时代，看起来也没什么大的波动，但他们对人与人之间的关系做了深入挖掘。"这种个人化、内倾化的和精神性的历史和现实，孙频定义为"共同的隐秘的伤痛感"。可以简单地对照下，班宇、孙频他们最近小说的"下岗"，对照他们和20世纪90年代后期的"现实主义冲击波"的"大厂小说"，或许更能理解他们的文学观。

予历史和现实个人化、内倾化的和精神性，可以有效节制"时代"成为标签。标签化进入到文本的"时代"可以举郭敬明的《小时代》做例子。或者说，郭敬明只是某个时段的文学症候。上海的"时代"被标签化，在郭敬明之前的卫慧、棉棉和安妮宝贝都曾经这样去做，只是郭敬明更赤裸裸更无所不用其极而已。可以顺便提及的是郭敬明放弃对新兴城市物欲横流的反思和批判，其实是有意对新粉丝读者群体的迎合。郭敬明对新世纪前后的上海，尤其是上海的分层有着清晰的认识：恒隆（时尚分子和派对动物）、陆家嘴（中产阶级或者富翁们）、新天地（外国人）、南京路（外地人）、沙逊大厦或者霞飞路（上海本地人）。不仅仅如此，郭敬明也意识到新兴城市的暗黑、病态和罪恶，所以小说写道："我每一次想到上海，脑子里都是满溢的各种文艺小资腔调的形容词，我无时无刻不在自豪地向每一个人炫耀上海的精致与繁华，文艺与高贵。而现在，我每一次想到上海，脑海里都是一个浑身长满水泥钢筋和玻璃碎片的庞大怪物在不断吞噬食物的画面。……因为有源源不断的人，前赴后继地奉献上自己迷失在这个金光涣散的时代里的灵魂和肉体——这就是这个怪兽的食物。""东方明珠、金茂大厦、环球中心、恒隆广场……它们不断投射在这个城市地表的阴影。"甚至，就像最近大热的韩国电影《寄生虫》，《小时代》就写过"地铁里的阶层味道"。郭敬明《小时代》把有可能的新兴城市的洞见换成利益的精明，棱角粗粝的"时代"也被精心地打磨成"时代的贴片"，以至于毫不隐讳地借小说的人物说出："周六的上午，上海人满为患。唯一可以避难的地方就是类似恒隆、波特曼或者世茂皇家酒店这种地方，以价格来过滤人群。"

并不都是《小时代》这样的"时代的贴片"，近几年青年作家的小说有一些把时间标识得特别清楚，而且有的时间跟时代都对应得特别紧，比如路内的《雾行者》、周嘉宁的《基本美》、双雪涛的《平原上的摩西》、班宇《逍遥游》、七堇年的《平生欢》、孙频的《我看过草叶葳蕤》《鲛在水中央》、张玲玲的《嫉妒》等等，这可能是一个值得关注的现象。为什么他们不愿意去暧昧时间？一批小说都有了类似的东西不是很偶然的现象，我们需要思考每一个具体的时间对作家的文本究竟意味着什么？这里面有些可能是小说技术层面的，年轻一代作家对大时代大历史之下小人物的日常生活史、命运史和精神史的处理，可以感觉到中国当代文学1980年以来"新历史""新写实"的文学遗产的回响。更重要的是，不只是这些时间确凿的文本，包括所有他们对自己所处时代的观察和表达，我们应该意识到，这些年轻作家正在命名他们自己生焉长焉的同时代。进而，我们应该意识到，和前辈作家们将当代作为过去而来的当代不同，这些年轻作家在当代写当代，是否提供了属于他们时代的新的审美经验，而不是拿既有文学尺度来丈量他们的写作，就像参与上述问卷的小说家远子所说："当然也有很多人在写所谓的现实主义作品，网络上、文学期刊上有大量这样的作品。但这种万无一失的现实主义其实是完全与现实脱节的主义。比如，他们所写的农村，其实是由一代人共同构建出来的'文学场景'，而老一辈作家和他们带出来的徒弟还在这上面苦心经营；再比如，他们已经有了一套农民该怎么说话，工人该想些什么，官员该怎么做事的标准。你不这样写，就是不够'现实''不接地气'。就是说他们所秉持的'现实主义'原则，恰恰是导致现实感匮乏的根源。"

但可以追问的是，为什么改革开放时代的年轻作家书写的与他们生命等长的同时代不可以是他们所理解的"大时代"？我曾经给朱婧新的短篇小说集《譬如檐滴》写过一个评点，说她从早期的《连生》《消失的光年》到《安第斯山的青蛙》再到最近的《水中的奥菲利亚》《那只狗它要去安徽》等，是一部 20 世纪 80 年代出生人从大学生活到为人妻为人母，从清白纯粹的理想到细小琐碎的现实，从整一到裂碎的小编年史，一以贯之地将微小的日常生活发展成反思性与个人和时代关联的"微观的精神事件"。因此，所谓小说文本的"历史感"不应该绝对化地理解为过去和现在的关系逻辑，即使不去遥想他们未曾经历的过去，年轻作家所建构的他们同时代的历史逻辑也当然可以是丰盈的历史感。然后，令人遗憾的是，比如魏微从《大老郑的女人》到《沿河村纪事》，徐则臣从"北漂""花街"系列到《耶路撒冷》《北上》，鲁敏从"东坝"系列到《九种忧伤》《荷尔蒙夜谈》，梁鸿从《中国在梁庄》《出梁庄记》到《梁光正的光》《四象》，付秀莹从《陌上》到《他乡》，双雪涛从《翅鬼》到《平原上的摩西》《猎人》，周嘉宁从《荒芜城》《密林中》到《基本美》，张怡微从《家族实验》到《细民盛宴》……如果我们到研究者愿意细细考察，他们每一个人都是一部人和时代遭逢的悲欣交集的小编年史。而这些"微观的精神事件"和小编年史如何汇流成为充沛和丰盈的改革开放时代的精神长篇？改革开放时代的年轻作家如何消化他们的同时代？文学研究又如何消化他们的文学所书写的改革开放时代？这一代年轻作家或许是晚熟的，但他们最年长者也才五十岁，依然可以期待。

重建对话和行动的文学批评实践

新世纪前后，文学的边界和内涵发生巨大变化。虽然说这些变化在中国现代文学史自有来处、各有谱系，但文学市场份额、话语权力和读者影响等等都有着新的时代特征。五四时期到 1930 年代中期所确立的文学概念、雅俗之分以及文学等级秩序形成的文学版图，经过 20 世纪 90 年代的市场化和随后资本入场征用网络新媒体——以审美降格换取文学人口的爆发性增量，所谓严肃文学的地理疆域骤然缩小。一定程度上，这貌似削平了文学等级，但也带来基于不同的媒介、文学观、读者趣味等不同的文学生产和消费方式的文学类型划界而治。值得注意的是，即便使用同一种媒介来进行文学的发布和传播，也有很大区别——比如纸媒这一块，传统的文学期刊和改版的《萌芽》《小说界》《青年文学》《中华文学选刊》以及后起的《天南》《文艺风赏》《鲤》（MOOK）、《思南文学选刊》，传统文艺出版社和理想国、后浪、文景、磨铁、凤凰联动、博集天卷、楚尘文化、副本制作、联邦走马等出版机构，"画风"殊异；比如网络这一块，从个人博客到微博、微信的自媒体，从 BBS 到豆瓣的文学社区以及从自发写作到大资本控制的商业文学网站，都沿着各自的路径，分割不同的网络空间。缘此，一个文学批评从业者要熟谙中国文学版图内部的不同文学地理已经几无可能，更不要说在世界文学版图和更辽阔的现实世界版图以安放中国当下文学。质言之，网络新媒体助推全民写作和评论的可能反而是越来越圈层化和部落化，这种圈层化和部落化渗透到文学生产和消费的所有环节。圈层化和部落化的当下文学现实，批评家的专业性只可能在狭小的圈子里，有各自分工各自的圈层，也有各自的读者和写作者。希望能够破壁突围、跨界旅行、出圈发声必然需要对不同圈层不同部落所做工作的充分理解，这对于批评家的思想能力、批评视野和知识资源无疑是巨大的挑战。

媒介革命还带来一个后果就是众声喧哗，但此众声喧哗却不一定是复调对话和意义增殖，反而可能是自说自话的消解和耗散。我曾经在写给《文学报》"新批评"版八周年专题的一篇短文中说过，在一个信息过载、芜杂、泛滥的时代，不断播散的信息和意义漂流，每一个单数个体的观点都可能因为被偷换、歪曲、断章取义等等二次和数次加工而面目全非。碎片化几乎是思想和观念大众传媒时代的必然命运。因此，大众传媒时代的文学现场，传统意义的专业文学批评能不能得以延续？能够得以延续又如何开展？在开展的过程中如何秩序化由写作者、大众传媒从业者、普通读者，甚至写作者自己也仓促到场的信息碎片？一句话，能不能在既有绵延的历史逻辑上编组我们时代的文学逻辑，发微我们时代的审美新质并命名之。

与此相较，专业文学批评从业者的构成也发生着微妙的变化。最明显的是新世纪前后"学院批评"逐渐坐大到一家独大。从文学期刊的栏目设置就能隐隐约约看出"学院批评"的逻辑线，比如《钟山》1999年增设了"博士视角"，到2000年第3期开始停了"博士视角",设立了一个后来持续多年影响很大的新栏目"河汉观星"。观察"河汉观星"的作者基本上是各大学中国现当代文学的教师。"河汉观星"都是"作家论",但这些"作家论"和一般感性、直觉的"作家论"不同,更重视理论资源的清理、运用,以及文学史谱系上的价值判断,被赋予了严谨的学理性。"学院批评"之后,除了《钟山》《山花》《上海文学》《天涯》《花城》《作家》《长城》等少数几家有着一贯的文学批评传统,且和学院批评家有着良好关系的文学刊物,很长时间里,大多数文学期刊的文学批评栏目基本上很难约到大学"一线"教师的好稿,以至于文学批评栏目只能靠初出道和业余的从业者象征性地维持着。

现在的问题是,文学现场越来越膨胀和复杂,而大量集中在大学和专门研究机构专业从事文学批评的从业者是不是有与之匹配的观念、思维、视野、能力、技术、方式和文体等?尤其是,20世纪八九十年代和新世纪之后新入场的"学院批评家"在成长道路、精神构成、知识结构和批评范式等大不相同。新入场的文学批评从业者没有前辈批评家"野蛮生长"和长期批评文体自由写作的前史,他们从一开始就被规训在大学学术制度的"知网"论文写作系统。事实上,文学批评不能简单等同于学术研究。新世纪新入场的文学批评从业者并不具备也并不需要充分的文学审美和抵达文学现场把握文学现场的能力,而是借助"知网"等电子资源库把文学批评做成"论文"即可。

观察中国现代文学史,文学批评从业者也并不是像现在这样集中在大学和专门研究机构,而是做报刊媒体、图书编辑和出版等文学相关的工作。再有，从中国现代学术制度看，如此严苛的教条的学术制度也只是近一二十年的事。其实，不只文学批评，在学术制度相对宽松的时代，整个大学学术研究都并不是现在的这种样子。但据此将当下文学批评脱离文学现场都甩锅给大学学术制度并不公平。与人文社会科学研究相比，即便在今天的大学学术制度，依然给文学批评生长预留有大得多的空间。比如，大学学术制度的一个硬核指标就是所谓的核心期刊论文。从我的观察，今天的文学批评刊物并不像想象中的不能容纳丰富多样的文学批评。各大学认可的所谓 C 刊和北大核心期刊，绝大多数都能发表我们可以想象得到的文学批评，而不是仅刊发学报体"论文"，甚至《当代作家评论》《南方文坛》《扬子江文学评论》《小说评论》《文艺争鸣》《上海文化》等核心期刊也都有关键词和摘要的格式要求。与这种似紧实松的文学批评刊物生态相比，如果观察同一位作者在这几种文学批评刊物与需要关键词和摘要的《文学评论》《中国现代研究丛刊》《文艺研究》《当代文坛》，甚至学报和其他人文社科刊物发表的文字，其"文体"并没有明显的区分度。在他们的理解中，文学批评也就是一种"学术论文"而已。这直接的后果是：今天的文学批评刊物也被它的作者改造得不"文学批评"了。因此，在强调学术制度规训文学批评的同时，文学批评从业者其实是自己预先放弃了绝大多数文学批评刊物给予的充分自由。这种"放弃"还不只是文本格式、修辞和语体层面的，而是文学从业者思想、思维、人格等精神层面的。看五四以来现代文学批评传统，从精神层面，文学批评落实在"批评"，应该意识到现代文学批评和现代知识分子之间的内在关系。这种内在关系达成的"文学批评"，最基本的起点是审美批评，而从审美批评溢出的可以达至鲁迅所说的"社会批评"和"文明批评"。

考虑到客观存在的大学学术制度，文学批评学科定位不能仅仅框定在中国现代文学史研究领域，成为其附属物。文学批评是不是可以汲取社会科学研究的实践精神和研究范式，在大学学术制度重建合法性？社会科学研究注重田野调查和身体力行的行动和实践，文学批评也可以这样去处理和文学现场的关系：批评家不只是以观察者的田野调查，而是以自己的文学批评实践，现实地影响到文学刊物。印象最深的是某个阶段的《上海文学》《人民文学》《山花》和《钟山》等，陈思和、蔡翔、丁帆、李敬泽、施战军、张清华、王干等批评家介入到文学期刊编辑，他们的个人立场左右着刊物趣味和选稿尺度。2017 年，我开始和《花城》合作"花城关注"，也是定位在批评家主持的栏目。"花城关注"自 2017 年第 1 期开栏，到目前为止推出了 21 期，关注的小说家、散文写作者、剧作家和诗人数十人，有三分之二的作家是没有被批评家和传统的文学期刊所充分注意到的。21 期栏目涉及的 21 个专题包括：导演小和说的可能性、文学的想象力、代际描述的局限、话剧剧本的文学回归、青年作家"伤心故事集"和故乡、科幻和现实、文学边境和多民族写作、诗歌写作的"纯真"起点、散文的野外作业、散文写作主体多主语重叠、"故事新编"和"二次写作"、海外新华语文学、摇滚和民谣、创意写作、青年作家的早期风格、文学向其他艺术门类的扩张、原生城市的作家和新城市文学等等。

"花城关注"每一个专题都有具体针对文学当下性和现场感问题的批评标靶，将汉语文学的可能性和未来性作为遴选作家的标准。在这样的理念下，那些偏离审美惯例的异质性文本自然获得更多的"关注"，而可能性和未来性也使得栏目的"偏见"预留了讨论和质疑的空间。"花城关注"从艺术展示和活动中获得启发，提出"文学策展"的概念。新世纪前后文学期刊环境和批评家身份发生了变化。20世纪八九十年代的刊物会自觉组织文学生产。我们会看到，每一个思潮，甚至每一个经典作家的成长都有期刊的参与，但当下文学刊物很少去生产和发明八九十年代那样的文学概念，也很少自觉地去推动文学思潮，按期出版的文学刊物逐渐蜕化为作家作品集。与此同时，批评家自觉参与文学现场的能力也在退化，丰富的文学批评实践几乎等同于论文写作。所以，提出"文学策展"的概念，就是希望批评家向艺术策展人学习，更为自觉地介入文学现场，发现中国当代文学新的生长点。与传统文学编辑不同，文学策展人是联络、促成和分享者，而不是武断的文学布道者。其实，每一种文学发表行为，包括媒介都类似一种"策展"。跟博物馆、美术馆这些艺术展览的公共空间类似，文学刊物是人来人往的"过街天桥"。博物馆、美术馆的艺术活动都有策展人，文学批评家最有可能成为文学策展人。这样，把"花城关注"栏目想象成一个公共美术馆，有一个策展人角色在其中，这和我预想的批评家介入文学生产，前移到编辑环节是一致的。对我来说，栏目"主持"即批评。通过栏目的主持表达对当下中国文学作品的臧否，也凸现自己作为批评家的审美判断和文学观。"花城关注"不刻意制造文学话题、生产文学概念，这样短时间可能会博人眼球，但也会滋生文学泡沫，而是强调批评家应该深入文学现场去发现问题。一定意义上，继承的正是 20 世纪 80 年代以来文学批评的实践精神。

　　近几年文学期刊和文学批评、文学批评家之间互动又开始复苏和活跃起来。一方面，像谢有顺、金理、王春林、张学昕、顾建平、李德南、陈培浩、方岩、黄德海、张莉、邵燕君等批评家在多家文学期刊主持文学批评栏目，有的栏目已经持续多年，比如《长城》有王春林的"文情关注"、张学昕的"短篇的艺术"和李浩的"小说的可能性"，《青年作家》有谢有顺的"新批评"和顾建平的"新力量"，《青年文学》有黄德海的"商兑集"，《文学港》今年新开了李德南的"本刊观察"等；另一方面，像《江南》《中华文学选刊》《广州文艺》《鸭绿江》《青年文学》《思南文学选刊》《收获》《作品》等传统上并不以文学批评见长的文学期刊都在文学批评上投入大量的版面，《收获》的"明亮的星"，《中华文学选刊》117 位"85 后""当代青年作家问卷调查"，《江南》的"江南·观察"以及《广州文艺》的"当代文学关键词"，《作品》的"经典 70 后"以及《鸭绿江》的"新年城市·新青年"等尤其值得关注。不仅如此，一些年轻批评家，像张定浩、刘大先、金理、黄平、黄德海、杨庆祥、何同彬、方岩、李德南、岳雯……他们也自觉地强化文学和时代的对话性，使文学批评增加思想的成色。但是，必须指出的是，至今为止，这些年轻批评家和他们有过野蛮生长自由写作经历的父兄辈相比，"思想"的深广度和批评的能力还远远不逮，硕士博士学位论文训练和"知网"论文系统有着强大的规训力量。

身体力行的行动和实践的文学批评，它和文学现场的关系不只是抵达文学现场，而是"在文学现场"；或者说"作为文学现场一个不可或缺的部分"，他们参与时代文学的生产，也生产着自己的批评家形象。"在文学现场"，对还处在萌芽状态的隐微可能性和文学新质进行挖掘，对"新文学"有所发现和发明。文学批评栏目的复苏以及大量的批评家在文学期刊主持栏目和发表文学批评，不仅修复了文学期刊创作和评论两翼齐飞的传统，而且对于在大学学术制度中获得属于文学批评独特的学术领地和尊严，矫正文学批评被亲缘性的文学史和文学理论矮化和贬低的成见有着重要意义。事实上，文学史和文学理论的学术拓展离不开文学批评提供支援。文学批评介入到文学现场肯定不只是参与到文学期刊编辑实践一条路径，比如像李敬泽、张清华、张新颖、张柠、梁鸿、张定浩、黄德海、木叶、李云雷、项静、房伟等除了文学批评，也参与到小说、诗歌、散文等各种文学文类的写作，这其实这也是中国现代文学的一个重要传统。事实上，行动和实践意义的"动词"的文学批评就不仅仅被束缚在"写论文"，类似栏目主持和跨界写作，还可以是文学启蒙教育、编辑选本、排榜（比如批评家王春林每年就会发布"一个人的小说榜"）等等。即便是"写"，也不一定是体制完备秩序谨严的"论文"，除了文学刊物和批评刊物，网络时代的社区、微信、微博等等开放了各种言路和新的文体方式。

　　姑且相信，今天的文学批评从业者都有着自己的文学价值和立场。关于这一点，可以去查阅《南方文坛》"今日批评家"栏目。这个栏目可能是文学批评刊物最资深的一直没有间断的栏目。1950年代以后出生的有影响的文学批评家几乎都被这个栏目介绍过。每一个"今日批评家"介绍的批评家都要表达"我的批评观"。或许，当下中国文学批评并不缺少"我的批评观"，但缺少意识到"我的批评观"越多，文学的"共识"建立越需要争辩、质疑和命名的对话。而就健康的文学生态而言，对话不只应该在批评家和批评家之间，而且应该很自然地扩散到批评和作家、批评家和社会各阶层各领域之间。因此，当下文学批评需要复苏的不只是抵达文学现场的田野调查和"在现场"的实践传统，还有重建文学批评的对话性，借用李敬泽书名《会饮记》挪移到当下中国语境的一个词就是"会饮"。事实上，我们时代真正有问题意识，复调意义文学对话性的"会饮"已经丧失得差不多了，剩下的只是装饰性的文学交际、文学活动、文学会议和公共空间的文学表演等等这些"假装的对话"。上个世纪末出版的《集体作业》，完整地记录了李敬泽1998年11月3日发起的一场"会饮"。这次"会饮"参加的是当时的青年作家李敬泽、邱华栋、李洱、李冯和李大卫。他们不聊文学八卦，也没不痛不痒地针对一个作家一个作品聒噪，径直就正面强攻宏大的时代话题：个人写作与宏大叙事、日常生活、传统与语言、想象力与先锋，等等"文学问题"——真问题和大问题。（现在的青年作家和批评家聚在一起谈什么？）他们记录的文学"会饮"应该是这样的："对话在李大卫家进行，从上午持续到深夜。""李洱专程从郑州赶来。在对话中间，由于现场气氛热烈，人声嘈杂，为了不遗漏每一个的发言，大家手持小录音机，纷纷传递到或坐或站的各人嘴边，那情形很像是在传递与分享着什么可口的食物。"20 世纪八九十年代，尤其是1992 年之后，那是一个真正文学"会饮"时代。现在看那个时代的报刊——《读书》《文艺争鸣》《书屋》《上海文学》《花城》《天涯》《芙蓉》《钟山》《山花》《北京文学》《文论报》《作家报》《文艺报》《东方文化周刊》……文学界、知识界多么热爱会饮聚谈。值得一提的是，这些和文学批评相关，或者以文学批评为引子的"会饮"，几乎都没有局限在文学内部，且参与者几乎囊括了人文社会科学艺术的所有领域，比如《上海文学》的"批评家俱乐部"就涉及"文学和人文精神的危机""当代知识分子的价值规范""人文学者的命运及选择"等；《花城》的"现代流向"和"花城论坛"涉及城市、流行文化等前沿问题；《钟山》的新"十批判书"则集中讨论商业时代来临的精神废墟；《山花》《芙蓉》《天涯》对文学和当代先锋艺术投入热情和关切……其中，《天涯》的"作家立场"和"研究与批评"是少有的一直坚持到现在对"大文学"关注的栏目。

　　基于文学批评重建文学自身，重建文学和大文艺，重建文学和知识界，重建文学和整个广阔的社会之间的关联性，基于对文学批评在如此复杂多向度关联性中开张的想象。2017 年，我和复旦大学金理发起了"上海 - 南京双城文学工作坊"。这是一个长期的计划。每年，在复旦大学和南京师范大学轮流召集批评家和出版人、小说家、艺术家、剧作家、诗人等共同完成有自觉问题意识的主题工作坊项目，希望复苏文学批评的对话传统。它不是我们现在大学、作协和研究机构的研讨会作品讨论会，而是更为开放，更多可能性，跨越文学边境的"对话"。这个双城工作坊已经做到第三期，分别是"文学的冒犯和青年写作"（2017·上海）、"被观看和展示的城市"（2018·南京）、"世界文学和青年写作"（2019·上海）除此之外，这两年，我和陈楸帆发起"中国科幻文学南京论坛"，和李宏伟、李樯、方岩发起"新小说在2019"。当下中国文学界作家和批评家之间的关系过于"甜腻"。可能很少有一个时代，作家这么在乎批评家怎么看。我读《巴黎评论》的"作家访谈"发现，像大家熟悉的海明威、马尔克斯和纳博科夫等对批评家都保持足够的警惕和"不信任"。当然作家的"在乎"，如果仅仅出于文学，是可能构成一种有张力的对话关系的。事实上，很多时候，所谓的"在乎"，在乎的并不是批评家诚实的文学洞见和审美能力，而是他们在选本、述史、评奖和排榜等等方面的权力。

　　重建文学批评的对话性，本质上是重建文学经由批评的发现和发声，回到整个社会公共性至少与民族审美相关的部分，而不是一种虚伪的仪式。其出发点首先是文学，批评家，尤其是年轻的批评家们要有理想和勇气成为那些写作冒犯者审美的庇护人、发现者和声援者。做写作者同时代的批评家是做这样的批评家。又要追溯传统，20世纪八九十年代，批评家是甘于做同时代作家的庇护人、发现者和声援者。可是，这两年除了去年张定浩和黄平就东北新小说家在《文艺报》有个一个小小的争辩性讨论，我们能够记得的切中我们时代文学真问题、大问题、症候性问题、病灶性问题的文学对话有哪些？更多的年轻批评家成为某些僵化文学教条的遗产继承人和守成者。20世纪80年代是一个思潮化的时代，90年代已经开始出现"去思潮化"倾向。我在2010年写过一篇《"个"文学时代的再个人化问题》，就是谈新世纪前后文学个体时代的来临，今天不可能像80年代那样按照不同的思潮整合碎片化的写作现场。文学的变革是靠少数有探索精神的人带来的，而不是拘泥和因袭文学惯例，改革开放以来的中国文学之所以能够不断向前推进，正是有一批人不满足于既有的文学惯例，挑战并冒犯文学惯例，不断把自己打开，使自己变得敏锐。时至今日，不是这样的传统没有了，也不是这样有探索精神的个人不存在了，而是"文学"分众化、圈层化和审美降格之后，过大的文学分母，使得独异的文学品质被湮没了且难以澄清。因此，今天的文学批评，一方面，对真正的新"文学"进行命名固然需要勇气和见识；另一方面，对那些借资本和新媒介等非审美权力命名的所谓文学要在"批评即判断"的批评意义上说"不"。缘此，文学批评目的在于回到去发现每一个独特的个体，去发现这些个体写作和同时代写作者之间的关系以及他们的历史逻辑，进而考量给中国当代文学带来什么样新的可能。

2020年2月29日

生于1977—1987：更年轻世代作家长篇小说地理草图

　　观察一个世代的长篇小说写作，没有用"20世纪70年代晚期以来"，也没有用更熟手的"80后"。不过，生于1977-1987，仍然有代际命名的痕迹，包括代际命名的局限，比如当我划定了这个区间，就不能包括哪怕最靠近的1976年。事实上，生于1976年的田耳、付秀莹、阿乙、李修文、周洁茹等都写出了相当优秀的长篇小说。生于1977-1987的作家，他们的生理年龄在30-40之间，用传统的话说，在"而立"和"不惑"之间；从文学年龄的角度，这是中年写作来临的最后阶段，虽然此阶段有这样或那样的不成熟，但该打开的，已经打开；该到来的，也已经到来了。仅就长篇小说文体而言，出生在这十年间的他们无疑是中国"更年轻"一代小说家了。前几代的中国小说家差不多也是在这个阶段开始长篇小说的练习，并且写出他们整个文学生涯第一部重要的作品。之所以说是"更年轻"，在他们之前，四十到五十岁之间的那一批小说家依然被称之为"年轻作家"。不过，他们又不是"最年轻"的，在他们之后，"最年轻"的那些小说家正风起云涌地被各大刊物收割。只是，除了周恺、大头马、王陌书等屈指可数的几位，这些中国当代"最年轻"小说家的长篇小说还处在习作阶段，也很少得到出版，他们写着他们的中短篇小说，长篇小说对他们可能还是一个野心，一个文学的远景。

这是几份不完全的名单。

第一份名单：

今何在（1977）《悟空传》，猫腻（1977）《间客》《择天记》，江南（1977）《九州·缥缈录》《龙族》，天下霸唱（1978）《鬼吹灯》，血红（1979）《巫神纪》，沧月（1979）《听雪楼》，无罪（1979）《仙魔变》，当年明月（1979）《明朝那些事儿》，玄雨（1980）《小兵传奇》，桐华（1980）《步步惊心》，辛夷坞（1981）《致我们终将逝去的青春》，唐家三少（1981）《斗罗大陆》，南派三叔（1982）《盗墓笔记》，蝴蝶蓝（1983）《全职高手》，梦入神机（1984）《佛本是道》，流潋紫（1984）《甄嬛传》，烽火戏诸侯（1986）《雪中悍刀行》，我吃西红柿（1987）《吞噬星空》……

第二份名单：

江波（1978）《银河之心》（三部曲），宝树（1980）《三体X：观想之宙》《时间之墟》，陈楸帆（1981）《荒潮》，迟卉（1984）《终点镇》《卡勒米安墓场》，夏笳（1984）《九州·逆旅》……

第三份名单：

徐则臣（1978）《耶路撒冷》《王城如海》，李宏伟（1978）《国王与抒情诗》，糖匪（1978）《无名盛宴》《光的屋》

（未正式出版），张忌（1979）《出家》，石一枫（1979）《心灵外史》，马伯庸（1980）《风起陇西》《古董局中局》，孙智正（1980）《南方》《青少年》，默音（1980）《甲马》，李傻傻（1981）《红X》，陈再见（1982）《六歌》，林森（1982）《关关雎鸠》，春树（1983）《北京娃娃》《乳牙》，笛安（1983）《南方有令秧》"龙城三部曲"……

第四份名单：

任晓雯（1978）《好人宋没用》，蔡骏（1978）《病毒》《谋杀似水年华》，苏德（1981）《钢轨上的爱情》，张悦然（1982）《誓鸟》《茧》，韩寒（1982）《他的国》《1988：我想和这个世界谈谈》，周嘉宁（1982）《荒芜城》《密林中》，朱婧（1982）《幸福迷藏》，小饭（1982）《我的秃头老师》，郭敬明（1983）《小时代》《爵迹》，蒋峰（1983）《白色流淌一片》，颜歌（1984）《异兽志》《我们家》，王若虚（1984）《火锅杀》，七堇年（1986）《平生欢》，林培源（1987）《以父之名》，张怡微（1987）《细民盛宴》……

第五份名单：

葛亮（1978）《朱雀》《北鸢》，童伟格（1977）《无伤时代》《西北雨》，黄崇凯（1981）《坏掉的人》《黄色小说》……

这五份名单涉及的是当下中国文学版图的不同文学地理景观，其背后是不同的文学制度和文学权力。稍微不严谨的是这种文学地理景观的划分还比较粗糙，有的是基于传播媒介差异，有的是依据确实不同的现实地理空间，有的是不同的文学传统和审美标准的约定俗成。因此，只能算张草图，但仅仅看这份草图，这也是中国当代文学疆域最开阔的了。而且，文学地理疆域也不是一成不变的，比如属于第四份名单的，基本都有《萌芽》或者"新概念作文"的背景。从大的种属，对比第三、四两份名单，可以发现《萌芽》这份文学刊物因为其在 1999 年前后的"变法"，从文学期刊变身为活跃的文化传媒，这不但改变了自身的刊物形态，也改变了中国当代作家的成长模式。"萌芽系"作家大多有"媒体制造"的特征，这份不完全名单里的蔡骏、张悦然、韩寒、郭敬明、朱婧和七堇年都是《萌芽》推出的"十大 80 后作家"。媒体造星不只是《萌芽》，春树的早期成名一定程度上也是"媒体制造"的结果。其一时风头无两，2004 年和韩寒同时登上美国《时代》周刊亚洲版。除了春树，李傻傻和马伯庸的写作也有媒体推动的痕迹。无论有没有媒体做推手，一个作家的路能走多远，靠成名速度，更靠才华和耐力，这里把他们分开，只是追问一下"英雄"的出生时间，也是强调《萌芽》和这个"生于 1977-1978"文学世代某些部分的深刻渊源。

第二份名单则是当下炙手可热的科幻文学作家。科幻文学的发表出版与第三、四份名单里的作家并无二致，他们的区分，是中国现代文学传统对类型文学的态度，而发展到现在，也可能是科幻文学自己的态度，科幻文学有自己的刊物、圈子、传播路径和评价机制，等等。但最近几年，以刘慈欣和郝景芳获奖为标志，这个专业而狭隘的圈子被打破，中国当代文学传的文学等级也正在发生微妙的变化，科幻文学的地理版图越来越大。非专门发表科幻文学的传统文学刊物开始大量发表科幻小说，2017年第6期《花城》的"花城关注"推出科幻作家专题。"科幻"也成了非科幻的小说家新的文学生长点，而与此同时，科幻文学自身的文学自信也是一百多年来未曾有过的。

在不完全名单里最"不完全"的应该是第一份了，出生在这十年的网络写作者可能是数十倍，甚至上百倍这个数。而现在仅仅看这个最多只能算抽样的名单，已经堪称中国文学版图的半壁江山了——如果我们不谈"文学"，只谈"人数"的话。这些所谓的网络作家，他们是真正为资本市场和粉丝读者写作的群落，也因为如此才成为各地政府争先追捧的"产业引擎"。

至于第五份名单，只是出于惯例，将中国港台地区和海外华语作家单列，但是从汉语文学共同体的角度，比如葛亮，怎么看都像一个中国内地作家。

值得注意的，这份不完全名单并没有包括"儿童文学"。"儿童文学"其人数和作品之众堪比网络文学。

今天，当我们谈论中国当代文学更年轻一代作家的长篇小说创作，至少应该在这个地理草图的疆域里。还不只是指研究视野，同样涉及文学政策的制定，文学资源和利益的分配，比如评奖、扶持、排榜、签约、培养文学接班人等等，都应该有类似的大文学地理观。

下面我们可以择其要者说说这些生于1977-1987更年轻世代作家的长篇小说小说创作。网络文学被认为是新媒体时代的"新文学"，但悖谬的是这个所谓的"新文学"却又被认为补了中国现代文学被压抑的通俗文学的课，是旧文学在新世纪的借尸还魂。对这个问题，本文不拟细致辨析，但我的基本观点是要对泥沙俱下的网络文学进行细分，而不是草率地将整个网络长篇叙事文本直接接驳到传统的通俗文学谱系。就长度而言，网络长篇叙事文本在整个人类文学史都是空前的，但如果从小说文体要求看，许多网络叙事文本还达不到"小说"标准，至多只能算"长的故事"。

网络长篇叙事对中国当代文学的贡献首先是形成了一个中国文学史上空前的类型文学时代。除了玄幻，这些更年轻世代的作家们创造或者完备了像天下霸唱《鬼吹灯》和南派三叔《盗墓笔记》的东方神秘文化和探险小说复合的盗墓小说，桐华《步步惊心》的穿越小说，蝴蝶蓝《全职高手》的电竞小说，流潋紫《甄嬛传》的后宫小说，烽火戏诸侯《雪中悍刀行》的武侠玄幻小说，等等。对类型小说作出贡献的不一定只是网络作家，比如蔡骏的悬疑小说，比如科幻小说。

出生在1977-1987的网络写作者，不但是中国网络文学的草创者，至今依然是网络文学创作里最旺盛的中坚力量。今何在影响最大的早期网络小说代表作是2000年对《大话西游》仿作的《悟空传》，但今何在的文学贡献应该是参与"东方幻想架构世界"——"九州幻想"的创造，他的《九州·羽传说》写生在人族中天生残翅的向异翅寻找自己的羽族，成为一代英雄。同样，他的《海上牧云传》也充盈着英雄主义激情。英雄主义衍生出网络小说中的热血少年成长模式，像江南的《龙族》、猫腻的《择天记》、无罪的《仙魔变》等等。传统文学中俨然稀缺的英雄主义在网络小说热血复活，除了英雄主义，邵燕君还肯定过猫腻的小说是"启蒙主义精神在网络时代的一种回响"。

许多网络作家参与"九州幻想"的创造。依靠金庸的同人小说《此间的少年》成名的江南，其《九州·缥缈录》是"九州幻想"的恢宏之作。后来在科幻文学影响更大的夏笳，其《九州·逆旅》是"九州幻想"最别具一格的一部，像剔透清澈的童话。不只是"九州幻想"，比如猫腻自己说是一部"个人英雄主义武侠小说"的《间客》，其"三大星域"的世界设定；比如血红的《巫神纪》九大种族体系的构造，比如沧月从新派武侠小说转入奇幻，对"天地之间诸神寂灭，人治的时代已经到来"之前世界的勾画。"架空"，建构幻想的庞大世界体系，既生成了东方奇幻或者玄幻小说类型，而且对当下及未来汉语长篇小说结构的可能性，都作出了有益的探索，但这并没有引起传统文学界和当代文学研究界的充分注意。奇幻、玄幻和架空对中国未来长篇小说发展的意义应该被重新估价。一定程度上，默音的《甲马》、郭敬明的《爵迹》、颜歌的《异兽志》和张悦然的《誓鸟》都对奇幻、玄幻或者架空进行了有益的再造和转换。当然我们也可以说，这些不是网络文学所专有的，而是新世纪的文学时风使然。无论怎么说，当下中国不同长篇小说地理之间的跨界旅行做得相当不充分。

江波的《银河之心》（三部曲）是太空歌剧类型的银河史诗，韩松认为："江波以不倦的热情，在几乎绝望的宇宙中，孤单地抵抗宿命，寻找着生命的价值。"而韩松评价迟卉的《卡勒米安墓场》则是："别样的视角，史诗般的咏叹，复杂而恢弘——

迟卉展示了史无前例的银河文明世界，以及人类和他们的造物们的矛盾着的野心。"迟卉的《终点镇》的主题是当下科幻小说的热点"人工智能"。关于人工智能，我和另一位科幻小说家飞氘对话时，飞氘说过："由于人工智能等技术的突破性发展，可能到了某一天，人类社会的整个形态将出现全然不同的形态，就像物理学上的'奇点'一样超出我们的理解和想象，以至于我们对这样一个时代的所有预测和推理可能都根本失效——未来的'人类／后人类'可能是一种和我们在生理和心理上颇为迥异的存在。"（《奇点时代前夜的科幻与文学》，《花城》2017年第 6 期。）

科幻文学对科技时代人类危机的关切提供了中国当代文学重要的未来维度。科幻文学也可以像宝树那样充满着哲学思辨，宝树的《时间之墟》希望写出一个永远循环世界中的人类精神史。陈楸帆的《荒潮》放在同时代中国文学中堪称鸿篇巨制，虽然《荒潮》有时也会被狂野的想象和过于显豁的现实批判拖累，但不妨碍它成为近年一部重要的汉语长篇小说。以《荒潮》为例，我们能感到"科幻文学"和传统意义的所谓的"中国当代文学"的隔阂。除了金理等少数批评家，《荒潮》在传统意义的中国当代文学界并没有引起与之相称的评价。

我注意到，很多和科幻小说无关的小说家，也开始在小说中植入"科幻"，这种植入常常是"硬"植入，但我并不看好"科幻"成为简单的小说技术。在我看来，"科幻"从根本上是一种世界观，一种想象世界的方式，而不只是一种创意写作课堂传授的小技巧。科幻应该成为开启汉语文学幻想的动力。那么，今天的"科幻热"不只是一个小说类型的复苏，而是整个当代文学奇点时代的前夜，科幻文学能不能带来文学的奇点时代？当科幻作家成为一种身份，李宏伟似乎没有被赋予这种身份，但他的《国王与抒情诗》写2050年的未来图景，国王和抒情诗之间的博弈，我们的世界会是什么样子？未来性、现实批判、隐喻以及哲学思辨，科幻小说的精神气质被李宏伟迁移到传统小说。传统小说如何向科幻小说学习这些，就像传统小说如何向网络小说学习幻想，学习如何想象性地架构世界体系，如果我们认真去思考，可能都会有力地推动汉语长篇小说的进步和前行。

李宏伟在《国王和抒情诗》之前有一部长篇小说《平行蚀》，写跳楼事件引发的20世纪90年代的大学生成长故事。大学生活是自我觉悟的重要起点，而这些年轻作家成长的时代，大学已经完全"社会"化了。类似丁玲《在医院中》、王蒙《组织部来的青年人》的人生第一课当然前移到大学阶段，这就不难理解他们中许多人都会写到大学校园生活。写大学生活，辛夷坞的《致我们终将逝去的青春》站在职场回望是一种写法，而像朱婧的《幸福迷藏》写米小如、海小岚、尹小黑、乐小玫四个大学生情感世界的"迷藏"，小饭的《我的秃头老师》写由乡入城大学生的颓败生涯，王若虚的《火锅杀》借倒卖二手车黑市写校园江湖，又各有各的想法和路数。这些长篇小说基本上完成于他们写作生涯的早期，因此有一种在青春写青春的味道，虽然不是很成熟，但作为他们的写作前史有样本意义。

其实不只是写大学校园生活，这些更年轻世代的作家们许多都有"青春写作"的前史。自我的成长成为"自我史记"，会从大学校园宕开去，谛视自己整个有限的生命成长。笛安的《西决》《东霓》《南音》系列长篇小说命名为"Memory in the city of Dragon"，纪念生命过程中的"太原时代"。成长是过去，也是此在，悲欣交集的此在，像苏德《钢轨上的爱情》，"我就像那些躺在钢轨的男男女女，决然地等待着身后呼啸而过的火车辗过自己的身体、爱情、欲望。那些都是不被允许的不伦，所有拥有如此爱情的两人便是那两条冰寒的钢轨，哪怕一路可以相伴地延伸下去，却永远都不会有交和的一天。"

　　莫言说张悦然的"《茧》提供的是一部关于创伤记忆'代际传递'的小说。"成长不是天外来客，这些更年轻世代作家写他们厕身的时代，但他们更关心我们从哪里来？或者说，我们问我是谁的时候，自然会问我从哪里来？颜歌的《我们家》是"平乐镇伤心故事"里最长的故事，三代人六十年；默音的《甲马》两地（上海、云南）也是三代六十年；葛亮的《北鸢》写1927年到1947年的家族往事，其之前的《朱雀》在城市记忆背景上写叶毓芝、程忆楚、程囡三位女性的三个世代；石一枫的《心灵外史》从革命、气功、传销和主四个命名的时代写杨麦从大姨妈精神世界，勘探一代人的信仰史……这些祖父祖母和父母辈的故事从长篇小说结构上也继承了祖辈父辈的艺术遗产。这中间，张怡微不尚"宏大"，她的《细民盛宴》写微观家庭的细小肌理，开辟新路，也流露以此做长篇小说的难度或者局限。以非亲历者的身份讲述更长时段历史的人与事，无论是从叙述策略，还是实现更大的文学野心，自然"代际传递"会普遍被更年轻作家征用，作为他们进入幽暗历史的跳板。应该意识到，世界和一个作家相关的部分，迟早会溢出一己之身的成长和悲欣，通向更辽阔的世界。毫不意外，我们在这一世代作家的小说中读到任晓雯《好人宋没用》中宋没用的进城，张忌《出家》中方泉的"出家"，宋没用和方泉都是我们世界的芸芸众生，如蝼蚁般的小人物，但就像鲁迅所说："无穷的远方，无数的人们，都和我有关"。

需要指出的，写家族往事有时也会成为一种对当下无力把握的逃避。需要这些更年轻世代的小说家和他们的时代遭逢遭遇，像黄崇凯的《黄色小说》直视性在台湾生活史中的变迁，像周嘉宁的《密林中》写都市和"80后"文艺青年志和挽歌，也像陈再见的《六歌》和底层原生日常生活短兵相接，但观察这一世代的长篇小说，写"当代史"，更写"当下"的小说还是太少了。

林培源《以父之名》提出的"到异乡去"是一个很有价值的问题。这其实是一个更早的现代命题，鲁迅说："走异地，逃异路，寻找别样的人们"。春树的早期的《北京娃娃》和新近的《乳牙》构成了生命某一阶段从残酷青春到新的"娜拉出走"的故事。有意味的是，这些更年轻世代的作家，一边书写着"到异地去"；一边又"回故乡"。徐则臣的《耶路撒冷》写"花街"少年的成长史，在花街、北京和耶路撒冷拓展的空间，他们"到世界"，"回故乡"。类似行动轨迹和小说主题，七堇年的《平生欢》也写小城、工厂、大院，写少年的出走和回归。童伟格的《无伤时代》也是如此，早年丧父的江自高中起离开山村，寓居大城，年过三十却突然回返，决心和"他的山村""他的村人"一起终老下去。当我们追问这些小说的人物为什么最后"回故乡"？首先要问的问题是他们曾经停留的都市怎么了？徐则臣写"新北京"是"王城如海"。而栖身都市，黄崇凯《坏掉的人》干脆说："我们都是坏掉的人"。

可是，"回故乡"又能如何？"君自故乡来，应知故乡事"，韩寒《他的国》写现代都市郊区的"炸裂志"，这一定意义上就是当下的"故乡事"。林森的《关关雎鸠》追问从 20 世纪 80 年代中后期到 2000 年的二十多年里，中国发生了什么？《关关雎鸠》是孤岛小镇礼失之后的"不安书"。陈再见的小说以粗粝的质地书写"县城人事"，我关心他的写作更多不是媒体强调的打工者身份，而是他写作的起点，他对故乡的态度："对故乡怀有'恨意'，反而觉得离故乡越近"。因此，当"故乡—异乡（世界）—故乡"的纸上旅行失效之后，这些更年轻的小说家如果拒绝廉价的乡愁和田园牧歌，他们和他们的写作会怎么办？顺便提一句，虽然这些更年轻世代的长篇小说也有限地跨界，或者熟练地操练复调，甚至多声部叙事，但类似孙智正《南方》，糖匪《无名盛宴》《光的屋》这样有形式探索激情的作品还很少。这不能说是这世代作家的局限。要知道，除了意蕴的考量，长篇小说不是长的小说，更不是长的故事，而是富有整体的形式感，讲究语言修辞的有机生命体。

网络文学就是网络文学

　　本来我想写的题目是，连网络文学都是文学，《故事会》为什么不是文学？我下这个判断当然不是按照今天网络文学从业者，或者"大神写手"的最高水平，这些高段位写手的写作量相对于今天网络文学庞大的产能和产量，其实所占比例是不高的。而且，即使这些比例不高的写手如我们想象的已经"经典化"，这些"经典化"的网络作家和网络文学文本该与谁去作比较，判断他们的"经典化"程度和审美价值？其实，我们依赖的价值评判前提只是网络自身的遴选机制。当然，我不能把基于阅读感觉，没有经过充分田野调查的"印象"作为评价的依据，以至于误判今天的网络文学，也不能把文本拿过来简单地捉对厮杀来衡高论低，就像你无法将一个传统意义上的作家和网络"大神写手"比，自然也无法把一个"网络大神"和《故事会》的故事员去比。但可以比的是，网络文学的叙事技术基本上是如何讲一个好看的"故事"，在这一点上，除了可以讲长度更长的故事，网络文学比《故事会》进步并不多，只不过以前叫"悬念"，现在网络文学叫"爽点"而已。再有，也许是更重要的，某种意义上，网络文学强调的"草根精神"，与《故事会》是最有亲缘性的。从 1979 年恢复《故事会》刊名，《故事会》就明确提出故事的人民性问题，而"人民性"也是许多网络写手强调其写作道德优越感的立论基础，几乎每一次关于网络文学的讨论会议上，网络写手都要站在自己为人民写作的道德高地，对他们的批评很容易被置换成难道你反对为人民写作。好吧，在我们今天几乎认为网络文学"人民性即文学性"的大前提下，我设想是不是可以将《故事会》，还有《龙门阵》《今古传奇》，甚至《知音》等等历史遗留问题，一揽子解决呢？在我们为网络文学确立身份的同时，也梳理清楚当代写作谱系上的"故事会"传统。在我的理解上，当下网络文学中的大部分应该就是这个"故事会"传统谱系上的。

如果你认为回到"故事会"传统，我将网络文学看低了，那就按大家说的抬升。我们姑且承认可以将网络文学收缩在"网文"，或者说"类型文学"来讨论。那么，下面的一个问题是如何在一个文学谱系上识别网络文学。一个被广泛认可的观点是网络文学来源于现代中国文学被压抑的通俗文学系统。如果这个观点成立，"文学史"上于世纪之交发轫的中国网络文学依次向前推进应该是 20 世纪 80 年代以来台港通俗文学带动起来的大陆原创通俗文学的复苏；现代通俗文学的发现和追认；进而延伸到古典文学的"说部"传统。网络激活和开放了这个传统谱系的文学潜能。正是按照这种思路，当代中国文学研究建构的一个所谓的雅俗文学分合的图式常常被用来解释网络文学。但如果回到中国现代文学之初思考这个问题，我们现在视为"雅"的文学并不排斥文学的"通俗"。陈独秀《文学革命论》提出"三大主义"第一条即是"推倒雕琢的阿谀的贵族文学，建立平易的抒情的国民文学"。而周作人则认为："平民文学应该着重与贵族文学相反的地方，是内容充实，就是普遍与真挚两件事。"
（周作人《平民文学》）他们所反对的是茅盾在《真有代表旧
文化旧文艺的作品么？》中批判的"现代的恶趣味"。而且时
至今日，网络文学被诟病的依然是"现代的恶趣味"。这种无
视"五四"现代启蒙成果的"现代的恶趣味"在今天网络空间
中是中国现代以来前所未有的。观察中国现代文学的文学事实，
不是仅仅被叙述的文学史，"俗"文学并不是"被压抑"着的，
甚至某些时候，"俗"文学被政治和资本征用，成为一个时代文
学最引人注目的文学部分，比如三四十年代的文学大众化，比
如"十七年"文学的"新英雄传奇"。再有一个值得注意的是，
无论是中国传统的"说部"传统（能够在今天流传下来的，几
乎无一例外都被文人改造过），还是中国现代通俗文学，其实
都是一种文人写作。那问题就来了，我们今天的网络文学写手
的文学能力能完全对接上文人写作的"说部"或者通俗文学谱
系吗？

　　文学史事实和文学史想象与叙述并不一致。叙述是一种权
力。网络文学作为近二十年以来重要的文学现象，它既是实践
性的，改变了精英文学想象和叙述文学的单一图式，修复并拓
展了大的文学生态，而实践的成果累积到一定程度，网络文学
必然会成为自己历史的叙述者。今天的整个文学观、文学生产
方式、文学制度以及文学结构已经完全呈现与"五四"之后建
立起来的以作家、专业批评家和编辑家为中心的一种经典化和
文学史建构的方式差异的状态。新媒体所带来的革命性变化，
就像有研究者指出的："这些技术不仅改变了媒介生产和消费的

方式，还帮助打破了进入媒介市场的壁垒。网络（Net）为媒介内容的公共讨论开辟了新的空间，互联网（Web）也成为草根文化表达的重要展示性窗口。"（亨利·詹金斯《昆汀·塔伦蒂诺的星球大战》）网络文学的"草根文化"特点使得文学承载的文化启蒙职责不再是不对等的自诩文化前沿的知识精英居高临下启蒙大众，而是一种共享同一文化空间的协商性对话。一个富有意味的话题，在取得自我叙述的权力后，网络文学还愿不愿意在传统的文学等级制度中被叙述成低一级的"俗"文学？网络文学愿意不愿意自己被描述成中国现代俗文学被压抑的报复性补课？甚至愿意不愿意将自己的写作前景设置在世界文学格局中发育出的"中国类型文学"？换句话说，网络文学在当代中国，任何基于既有文学惯例的描述都无法满足获得命名权的网络文学的野心。尤其是网络文学和资本媾和之后。

我曾经指出，当网络文学被狭隘地理解为网文平台的网文，"文学"被偷换成"IP"之后，其实，传统文学和网络文学之"网文"的"共识"已经和文学越来越没有关系了。那些国内网文平台和大神写手，如果不是对体制文学内外权力的忌惮，他们还肯坐到此类会议上装模作样地谈"文学"吗？传统文学和网文的分裂已经不是文学观念的分歧，而是文学和非文学的断裂。传统文学忌惮网文平台和大神写手的民间资本力量，希望他们心怀慈善，作出权利让渡，培养一点文学理想和文学公益心，但网文界真的能如其所愿吗？这里面涉及的问题是，网络文学已经到了一个资本寡头掌控和定义的时代。不知道从什么时候开始，网络文学的先锋性和反叛性忽然很少被提及了，网络文学之"文学"忽然被定义为类型通俗小说之网文，而像简书、豆瓣阅读、果仁小说等等这些"小"却能宽容自由书写的APP却没有被作为文学网站来谈论，好像网络的"文学行为"只和大资本控制的网文平台有关。这样一个网络文学时代，其实已经和文学没有多大关系了。我想，传统文学和网文，如果还要求文学共识，那就不只是单向度的由少数批评家去为网文背书，论证网文的"文学性"。既然我们要谈文学，不只是IP，资本操纵的网文平台和大神也应该说服我们承认他们所做的一切是"文学"，哪怕是他们认为的那一种文学。可以姑且退一步承认网络文学就是类型小说或者通俗小说之"网文"，那么传统文学就要丢掉用传统的文学理论和批评去解释网络文学以及网络上可能产生我们想象的经典文学的幻想，重申网络文学是另一种写作，是中国现阶段普罗大众消费的文学产品，它遵守网文的生产、传播和阅读规律。网络文学的"文学"是非自足性的，仅仅将"网文"抽离出来，不是网络文学的全部。

网络文学就是网络文学而已，不是我们通常谈论的"文学"。我们应该尊重中国网络文学发展的历史史实，尊重网络文学发展的整个媒体生态。如果仅仅着眼于媒介的变化，网络文学对应的应该是纸媒文学。在整个国家计划体制里，文学当然地被想象成可以被规划和计划的。在这种"国家计划文学"体制之下，作家的写作也许是自由的，但文学的期刊和其他出版物却垄断在文联、作协和出版社等"准"国家机构手中。这些"准"国家机构任命的文学编辑替国家管理着庞大的"文学计划"，生产"需要的文学"。但20世纪末，传统文学期刊（包括报纸副刊）

几乎作为单一文学传媒的时代正在一去不复返。但我们不能据此就认为传统文学期刊就此完全退出文学现场。不管我们承认不承认，今天的文学媒体格局基本是纸媒文学依然完全控制在"国家计划文学"体制下，而网络文学虽然有行业主管部分的监管，但基本上是资本实际控制的领地。不排除存在纸媒和网络旅行的作家，但这是早期网络文学的事情，就像网络文学对文学探索的先锋性一样。事实上，在网络文学"IP"时代到来之前，那些在网络中赢得读者的作家最后还是渴望得到传统文学期刊的确认。这是他们作品可能被经典化或者被现行文学体制肯定的至关重要一步。这就不难理解，为什么阿乙要把《人民文学》的接纳作为他写作生涯的一个重要标尺，即便此前他的小说已经在网络赢得很好的读者口碑。粗略地看，如果我们确定网络文学的元年是 1998 年痞子蔡的《第一次亲密接触》，中国网络文学发展到今天，至少应该经历了三个阶段。第一个阶段其实是传统文学原住民向网络的迁移，这一段的网络文学释放的其实是对文学纸媒僵化的文学趣味的"反动"，如果纸媒文学开放到一定程度，这一部分并不必然需要在网络上实现。世纪之交，网络文学的草创期，最先到达网络的写作者吸引他们的是网络的自由表达。至少在2004年之前，网络文学生态还是野蛮生长的，诗人在网络上写着先锋诗歌，小说家在网络上摸索着各种小说类型，资本家也还没有找到一种可以快速圈钱生钱的盈利模式。随着"起点"收费阅读，进而是打赏机制的成熟，"盛大"资本的强劲进入，网络文学进入到"类型文学"阶段。这是一个"大神"辈出的阶段。网络文学释放了中国类型文学的巨大潜能。网络文学也渐渐和纸媒文学剥离，但既有的文学观依然能够回应网络上发生的文学现实。然后就是第三个阶段，网络文学的"IP"时代的来临，网络文学写作者已经无需最后借助纸媒文学来进行最后的文学认证。网络文学及其衍生产品依靠点击量、收视率、粉丝数、收入、票房等等建立了以读者为中心的自足的审美和评价机制，这样的审美和评价机制扎根在所谓的草根阶层。网络文学可能会出于对中国现实文艺制度的考量，参与当下文学对话，但这种对话基本上对于网络文学生态不够成现实的影响，只是以妥协和让渡赢得更大的资本和利润空间。

　　这样的文学生态之下，我们其实面临着抉择：或者让渡文学权利，将文学边界拓展到可以包容网络文学，这就回到我一开始说的，网络文学都是文学，《故事会》为什么不是文学？但文学无边界亦即无文学；或者干脆和网络文学切割，让网络文学成为传统文学之外的自由生长的网络文学。切割，也并不意味着拒绝，网络文学的移民可以自由地进入到传统文学的疆域。如此，网络文学就是网络文学，《故事会》就是"故事会"，而"文学"同样就是"文学"。我们不用我们的"文学"去吸附网络文学稀薄的文学碎片，挖空心思去证明网络文学是我们说的"文学"，网络文学也可以不背负文学的重担，只是以"文学的名义"轻松地去填充没有文学需要的阅读人口的阅读时间。我这样说，也许消极，甚至放弃了文学启蒙的责任，但这是中国当下网络文学的现实。至少在现阶段，网络文学就是网络文学，而人民也需要网络文学。

再论"网络文学就是网络文学"

　　去年我在鲁迅文学院网络作家班一次课上提出一个问题：网络文学怎样区别于未有网络文学之前的文学传统？是纸媒文学吗？用传统的文学惯例和尺度能不能回答和解决网络文学的所有问题？或者换一种说法，网络文学是新文学，还是旧文学？在网络文学从业者和各级政府部门希望网络文学迅速变现的产业化背景下，现在回过头来看这些问题，还是太狭隘了。

　　如果仅仅把网络文学理解成从写作和纸上发表转换网上写作和传播的媒介变化，显然没有充分认识到"网络"对文学所带来的革命性变化。这种变化不只是变换了发表和传播的媒介，而是一种只可能在网络环境下发生的，和此前写作完全不同的文学书写。

　　如果在传统的文学框架里就网络文学所提供的文本做分析，我们大致可以按"审美递减"，对当今的网络文学作一个粗略的排序：小说（其中文学性最强的是所谓"文青文"）、长篇故事、爽文，以及影视剧、网游、动漫等产品的故事脚本。小说和故事不同应该是一个基本的文学常识，以"现代小说"的标准来衡量网络文学，这部分作家和作品是很少的。至于后三者，除非我们拓展文学的边界，传统的文学研究基本上不作为文学来对待的，但它们在今天的网络文学中却占据了最大的份额，恰恰也是资本最聚集活跃的部分,网络文学热基本也是由此产生,而如果不拓展文学边界,这三者至多是一种泛文学的网络写作。

网络文学不只是一个文学问题,更不只是一个文本问题。

应该说,在网络没有出现之前,文学的发表和传播媒介已经经历数次变化,但从龟甲兽骨到竹简到绢、纸等等,其文学环境、文学思维和文学的各种关系方式基本上变化不大,而正是前此未有的网络环境、网络思维和关系方式等形成了网络文学生产和传播的"交际"场域。作者和读者的同时"到场"和"在场"的交际性应该是网络文学的最大特征。

基于交际场域的文学活动,网络文学当然不可能是我们原来说的那种私人的冥想的文学。它的不同体现在从较低层次的即时性的阅读、点赞、评论和打赏,到充分发育成熟的论坛、贴吧以及有着自身动员机制的线下活动等等"粉丝文化"属性所构成新的"作者—读者"关系方式。这种"作者—读者"的新型关系方式突破了传统相对封闭的文学生产和消费。"在网络写作"也正是在这种关系方式中展开,自然也会形成与之配套的"交际性"网络思维、写作生活以及文体修辞语言等等。质言之,网络文学是现阶段中国的大众流行文化,尤其是青年文化的一部分。因此,解释网络文学,应该在将其视作比"文本"比"文学"更大的"文化"。

作为一种大众流行文化样态,即使网络文学的某些部分还具有传统意义上文学的特征,甚至我们用传统文学的解读方式也可能解决网络文学的部分,比如网络小说的评价问题,但这不意味着网络文学可以被收编到传统文学，比如我们仍然可以用传统的文本细读和经典化的方式使得一些"网络文学大神"的文学地位得到确认，但这和海量的网络文学相比，这种微小体量的"一粟"式确认有多大可能反映了网络文学的"沧海"颇值得质疑。因为，一个基本的事实，经由文本细读不断累积审美经验，最后对某一个时代文学作出一个整体性的价值判断，是建立在可以获得充分和典型样本基础之上的。不说文学生产的产能和产量维持在较低水平的古典时代，即使现代，文学的规模生产成为可能，严格的审美准入制度以及汰选机制仍然可以保障审美判断是针对"全体"文学作出的。但网络文学依靠一位位单独的批评家和文学研究者几乎不能实现充分的文本细读。所以，今天，当我们在谈论网络文学的时候，需要思考我们的判断是多大程度上是面对网络文学的"全体"？既然是全体，就应该是包含了小说、故事、爽文，以及影视剧、网游、动漫等产品的故事脚本的全体。除了有强烈个人审美风格的网络小说，网络故事、爽文，以及影视剧、网游、动漫等产品的故事脚本的类型性和模式化，是不是可以设想借助统计学和同样进步着的数据处理技术来覆盖网络文学的大样本，甚至是全体。

可以这样说，今天中国的网络文学研究几乎沿袭着传统人文领域的研究范式，但网络文学的现实决定了网络文学研究必须有文化产业、大众文化心理、统计学、传播学、田野调查和数据技术等等的参与和支援。

具体到网络文学本身，表面看，我们现在说起网络文学，好像是"大神"辈出的时代。而考察网络文学的文学成色，貌似也可以用"大神"作为最高指标。问题是,如果仅仅将这些"大神"语言所呈现的文本和既有文学传统进行比较,有多少研究令人信服地指出了"大神"们如何反叛文学陈规,拓展文学疆域和可能性?"大神"之大是怎样参照出的大?往往"大神"们的文学成色和文学进步只是和网络文学自身海量的粗鄙不堪的文字产品做比较,所谓矮子里选将军而已。

但如果考虑到网络文学对动漫、网游和影视等等的激活能力,以及对文学相关产业的推动,结论可能就不是这样的了。简单地说,网络文学本质上是一种经济活动,有点类似我们今天常常说的"文创"买卖。如果有区别,可能就是规模上的小作坊和大工业。因为资本和政策的共同作用,网络文学聚焦到文艺经济的产业幻觉。文学如何做到不是简单地给产业"背书",那研究网络文学对当代文学的意义就应该重点放在捕捉那些细碎地弥散在经济活动中的文学性,不只是作为产业的动能,而且是可以激活文学自身创造的潜能。

确实,拘泥以语言为中心的"文学性",网络文学不可能和此前的人类文学积累同日而语,但网络文学的文学性可能是以语言所结构的文本为起点的文学弥散和增殖。所以,我说"网络文学就是网络文学"并没有轻视网络文学价值的意思,恰恰是要改变以语言所结构的文学文本作为网络文学审美总和的"文本崇拜",转而关注到网络文学文本衍生的"文学周边",充分尊重网络文学的基本属性。

放在网络文学二十多年的历史来看,要意识到,和现代文学一样,网络文学一开始并不是如此泛文学的网络写作,它的审美价值可以自足地收缩在文本自身——专注文本，而不是专注文本的衍生物。话说到这里，现在，可以回答一开始的问题：当下有着丰富"周边"的网络文学区别的是肇始于19世纪末的"新文学"或者"现代文学"传统，就像"新文学""现代文学"区别的是更早的"古典文学"传统。在网络和网络文学出现之前，新文学或者现代文学已经形成了秩序化的审美规范、评价机制、生产和传播方式等，这些借助与之配套的文学制度，使得现代文学合法化，进而，在微调中延续自己的文学传统。现代文学迄今一百年，其中也有曲折，但这些曲折并没有改变"现代文学是现代文学"的基本事实。在网络出现之前，现代文学一枝独大，甚至在网络文学的草创阶段，网络文学也是另一种"现代文学"的变种。

网络文学其实一开始是没有预想到现在这样的结果。网络文学是在打赏机制和盈利模式出现之后改写了它的历史逻辑。至少在2004年之前网络文学思维还是现代文学思维，这个阶段的所谓"网络文学"，其实是对现代文学传统的修补和改造，比如像《第一次的亲密接触》《悟空传》等。同样，网络文学的盈利方式基本上还是线下纸质书的出版。几乎是同时，尤其是此后的IP时代，一些有影响力的网络作品从纸质书扩张到网游、手游、影视、动漫。与此同时，网络文学的"文学性"也发生了漂移和拓殖。极端地举例，《诛仙》和《飘邈之旅》在2003年基本还是现代文学，但其后当它们的游戏相继被开发出来，《诛仙》和《飘邈之旅》更为复杂的衍生文学性随之凸显出来。如果《诛仙》和《飘邈之旅》表现得还不明显，网络文学到了影视剧、网游、动漫等产品的故事脚本阶段,影视剧、网游、动漫等产品的故事脚本,其文学性往往是寄生的增殖。现代文学,以及网络小说,甚至包括故事和爽文也会有衍生品,但它们和衍生品之间的关系不是像网络文学的故事脚本这样深度捆绑共荣共损的复合和一体,文本的文学意义是可以自足存在的。

值得注意的是,即便网络写作的赢利模式成熟后,类似沧月、猫腻、徐公子胜治、骁骑校、烽火戏诸侯、酒徒等的"文青文"和网络小说依然和现代文学有很深的近缘关系,他们的经典性也可以在现代文学传统谱系上被识别和确认。而唐家三少、我吃西红柿、天蚕土豆、梦入神机和辰东等的"小白文",蝴蝶蓝、骷髅精灵、无罪等的"网游脚本",如果还要谈它们的经典性,那必须把读者作为重要参数,或者是"网游"加"脚本"的综合。"复合性"文本应该是网络文学独特性很重要的一个方面。缘此,属于网络文学的新经典自然不应该只是在网络小说中产生,长篇故事、爽文,以及影视剧、网游、动漫等产品的故事脚本等都应该有各自的经典,而不是以现代文学的审美尺度把整个网络写作一锅烩。

还应当看到,网络普及带来了一个必然也是自然的结果就是现代文学难以兑现的文学准入门槛的降低和"全民写作"的可能,而且读者也随之被细分。"全民写作"时代对既有文学惯例偏离,创造和发明"新文学"只是写作动力之一种,而且在网络文学的汪洋大海里,这种文学创造和创造文学的成果是很容易被掩埋的。而当盈利成为可能之后,写作的文学诉求越来越稀薄,越来越不重要,"文学"只有在可能获得更多资本支持和读者拥趸的时刻才会被想起来被重视。简单地说，任何时代的文学都是各种力量角力的结果。我并不否认，现代文学也是审美逻辑、政治逻辑、资本逻辑和读者逻辑等等的共同结果，但从现代文学到网络文学，审美逻辑显然不再是绝对控制的力量。如果说，我们不是只专注于网络文学中份额很小的接近现代文学的网络小说部分，应该承认网络文学最大的份额是以资本和读者为中心的故事、爽文，以及影视剧、网游、动漫等产品的故事脚本等写作，所谓的网络文学就是网络文学，某种程度上或这种意义上就是这样。从现代文学以作者、文本和专业读者为中心到网络文学以资本和普通读者为中心去谈网络文学的独特性，去谈网络文学的评价系统也是尊重网络文学的现实。

确实是这样，网络文学二十年，从"网络文学是现代文学"到"网络文学就是网络文学"，资本是重要的推动力量。资本对于网络文学的改造，使之差异性于现代文学，最值得注意的是读者的地位发生变化。现代文学是以作家、编辑和专业读者为中心的"寡头"式文学，而网络文学之所以是网络文学，在于普通读者左右着整个网络文学活动。在交际的场域下，读者有可能被相对平等地看待。资本的介入决定了它必须听得见普通读者的声音，而不是无视普通读者。统计学和大数据技术的支持更是使得每一个无名者的意见通过不断累积产生最后的意义。因而，在网络文学中，无视读者趣味的写作几乎难以为继。这当然会带来作家对资本的依赖和对读者的迁就与顺从，以及与当下读者趣味匹配的故事、爽文，以及影视剧、网游、动漫等产品的故事脚本的片面繁荣。

　　和这个问题相关的另一个问题是：网络文学接续的是不是现代通俗文学传统？我的答案是否定的。熟悉现代文学史的人都应该清楚，如果确实存在所谓的高雅文学和通俗文学的雅俗之分，其实它们都属于大的现代文学。没有所谓高雅和精英的文学，谈何通俗和大众的文学，反之亦然。现在我们不能因为网络文学作家申明自己的草根性和大众性，网络批评家也作如是观，就想当然以为网络文学就是被压抑的通俗文学能量被释放的报复性反弹。对此，我持怀疑态度。网络文学的草根性和大众性并没有一个精英和高雅的假想之敌。网络文学就是网络文学的全部，它不会去想精英和高雅的文学是什么，哪怕网络文学中具有创造性的部分。幻想文学是当今世界文学的一个重要的风向。今天网络文学的"幻想"部分不只是补了现代文学传统的"幻想课"，而是基于当下的文学风向、资本走势和读者需求的结果。也因此，网络文学研究不能只向后看，而应该关注其当下性，哪怕这种属性是由资本和读者逻辑主导的，也一样可能是一种"新"。以此来观察幻想类的网络小说，无论是对中外幻想文学资源的整合，还是对世界的想象性建构，都能看到资本和普通读者的影子。对幻想类网络文学在创造本土幻想小说类型和建制庞大长篇小说结构等方面作出的贡献，可以稍微提及一句，网络文学这两个方面的贡献应该对现代文学谱系上的当下汉语写作有启发意义，但事实上却被现代文学传统上的作家和他们的写作漠视着。

　　网络文学旺盛的类型创造和消耗能力在中国文学史上是空前的。某一个"大神"对某一个类型的创造，这一点网络文学和现代通俗文学并无二致，但网络文学的特征不只是个人风格的创造，而且是如何在资本推动下迅速地被复写和复制，以不断的审美衰减消耗个人风格。研究网络文学，不但要研究审美增殖，更要研究审美衰减，而一定意义上，审美衰减可能恰恰是网络文学的特征。基于此，未来网络文学有没有可能重建和资本和读者的关系？我承认现阶段的网络文学的 IP 时代确实是顺从资本和读者的写作，但我期待沿着"网络文学就是网络文学"继续往下走，进入到"再造网络文学"阶段。

"再造网络文学"是从资本和读者为王的时代到"大神"为王的时代。"大神"为王不只是经济上的"要价"，而是"大神"对网络文学存有文学公益心，在和读者的交际中兑现网络文学的文学理想，影响读者，可以成为某种文学风气、风格和风骨的被效仿者，也可以为现代文学传统提供新的可能性。

需要强调的一点，我对"网络文学就是网络文学"的判断，并不意味着网络文学最终取代现代文学，就像现代文学时代，"古典文学"依然以隐微的方式顽强地延续着自己的生命。就算网络文学如此强大，现代文学依然有存在空间和理由。而且从未来看，网络文学之后，肯定还有挑战网络文学的存在，至于是怎么的一个存在，就像现代文学无法预知网络文学，网络文学也无法预知未来的挑战。但只要人类的写作实践能够持续，这种挑战早晚会来。

行动者的写作

　　从梁鸿的写作实践，我们能够捕捉到知识界的新动向。而且对我个人而言，读梁鸿的《梁庄在中国》以及她此前的《中国在梁庄》也是一次极其私人的"自我清洗"的过程。这样的阅读能够回应我对自己的日常生存状态——亦即所谓大学教师（回避使用"学院知识分子"这个词）围绕着课题、论文、晋职等展开的工作和生活现场——的不满。很多时候，我不知道这种拘囿在书斋里的知识生产的意义何在，它完全不能使我和日日新的世界建立起一种"常识"和"真实"的联系。反而让我感到和世界的断裂、脱节，每当枯守书斋，听着楼下由远及近的卖米、收旧货、清洗煤气灶的喊声，生活就像空气中的浮尘飘起来。而梁鸿干脆让自己"在路上"了，写作拓展了他们生活的疆域。从下面的日志约略能看到梁鸿写作《梁庄在中国》走过的路、遇到的人。

　　2011年1月和7月初，我重回梁庄，着手收集在外打工的梁庄人的联系方式，了解梁庄打工者所在的城市、所从事的职业和大致的家庭成员分布状况。

　　2011年7月10日—18日，到西安。采访福伯家的大儿子万国、二儿子万立和其它梁庄人15位。他们在那里蹬三轮车，卖菜或做其它小生意。采访穰县、吴镇和其它县的一些老乡 40 余位。

2011 年 7 月 22 日—26 日，在信阳。采访梁庄老乡 10 人。他们在此地蹬三轮车，做工人。

2011 年 7 月 28 日—8 月 4 日，到南阳。采访梁贤生一家 9 口人，韩小海一家 4 人及其它老乡 12 人。贤生的大弟弟贤义在现代都市做了算命者，韩小海传销发财，都是传奇般的当代故事。

2011 年 8 月 13 日—20 日在穰县周边县城做调研，考察南水北调工程和湍水，考查穰县传统戏剧。

2011 年 8 月 25 日—27 日，到广州、东莞虎门。采访开服装厂的梁万敏一家，服装厂工人，采访在虎门开各种厂的和做工人的吴镇老乡 18 人。调查虎门小型服装厂的工作环境和工作模式。

2011 年 9 月 28 日—10 月 7 日，在内蒙。采访韩恒武一家 12 人和其它吴镇老乡 10 人。

2011 年 10 月 24 日—30 日，在青岛。采访梁光亮一家 3 人，王传有一家 2 人和其它吴镇老乡 23 人。梁庄人前后约有四十多人在青岛的电镀厂打过工。福伯的小儿子，我的同岁的堂弟小柱，在此地得重病，最后去世。

2011 年 11 月 25 日—30 日，2012 年 5 月 8 日—11 日，在郑州。采访富士康工厂和在富士康上班的梁平。采访梁东、兰子和其他梁庄人 10 人。采访大学毕业在郑州打工、居住在城中村的年轻打工者 5 人。

2011 年 9 月至 2012 年 3 月，在北京。利用周末，在北京郊区采访梁庄和吴镇老乡 55 位，举办工友座谈会，采访年轻工友 30 余位。

2012 年 1 月 14 日—2 月 14 日，北京 - 郑州 - 南阳 - 梁庄。采访梁庄打工者 60 余人。

2011 年 1 月 20 日—25 日，2012 年 4 月 22 日 -24 日，厦门。采访安兜村，"国仁工友之家"，几家科技电子厂。采访工人约 40 余人。

2012 年 4 月 24 日—5 月 2 日，到台湾。考察台湾农村农民的生存、精神和传统文化状态。

2012 年 5 月 3 日—5 月 7 日，在深圳。采访梁磊等 4 人。

说老实话，每年我遇到的人并不比她少，但她却通过"走"和"写"的切实"行动"，让这些人和自己内心有了一种隐秘和贴近的关系。仅仅就表相而言，中国作家似乎"动"得并不少，"下生活""走基层""采风"……但这些热闹的"行动"，并不意味作家们对他们所抵达的世界就洞悉了然。当然，我并不认为作家的写作都建立自己的个人经验之上，我也承认有的作家有一种借助知识通向冥想和想象的能力。但是一个时代一个民族的作家，如果他们的写作和他们当下的生活构不成彼此激发的关系，这样的文学生态就不能说是没有缺陷的；进而，如果一个时代一个民族的知识者，他们所有的生活都被框定在他们的专业以内，我们听不到他们参与公共生活的声音，这样的知识界也就不能说是正常的。

因此，和我们沉湎书斋的生活相比，梁鸿是"行动者"，是有能力重组自己世界的人。拒绝被生活裹挟、安排和驯化，而是主动质疑和追问世界的"理所当然"，反思、批判性地打碎和重建人和世界的关系，重新厘定自己的位置并安放自己。从这种角度看，因为"行动"，《中国在梁庄》《梁庄在中国》里梁鸿和故乡的关系也不是传统意义上的游子和故乡的关系。"行动者"让我们意识到一个写作者、一个知识人的内心尺度。"行动"使他们的世界滋生出新意义，而"写作"则是在叙述中再造新世界。

是的，文学应该有书写和反思当代生活的现场的能力，知识者应该有言说和阐释当下生活的能力。知识者在他所生活的时代在怎样的位置？为谁发声？如何发声？是每一个"活"在当下的知识者应该思考的问题。写《中国在梁庄》《梁庄在中国》的梁鸿，这个衣食无忧的女子，偏偏要和自己闹别扭"对自己的工作充满怀疑"，"怀疑这种虚构的生活，与现实、与大地、与心灵没有任何关系"，"甚至充满了羞耻之心"，所以她要"回到自己的村庄"，"替'我故乡的亲人'立一个小传"。

应该意识到，梁鸿《梁庄在中国》的写作不是孤立的样本。陈庆港不是所谓专业作家，他的本业是新闻摄影，类似的例子以前还有拍"麦客"的侯登科、拍"人与土地"的阮文忠。早前陈庆港的《真相》写过慰安妇，后来《十四家》写"穷人"。陈庆港的"十四家"——甘肃省岷县寺沟乡纸坊村六社车应堂、车换生、车虎生家，甘肃省宕昌县毛羽山乡邓家村郭霞翠、王实明家，云南省安尔镇雄县安尔乡坪子社小米多村水井弯社李

子学、高发银、王天元家，云南省会泽县大海乡二荒箐村公所
马四凹子村蒋传本家，山西省大宁县太古乡坦达村史银刚家、
李拴忠家，甘肃省武山县马力县双场村李德元、王想来家，贵
州省毕节市朱昌镇朱昌镇七组翟益伟家，涉及三省七县七镇。
我不需要按着地图找，就知道这十四家都在僻远荒蛮之地。写
这十四家农民十年的劳动、收入、迁移、疾病、教育、文化、
日常生活、精神生态等方面的生存和变迁，对他们的物质、精
神极贫极困的真相"报告"之，我应该是有着心理预期的。但
即便如此，我还是被他们的赤贫，被他们未有穷期的赤贫震撼到。
可以说，《十四家》是我们高歌猛进的光鲜时代的"穷人之书"。
所谓的"生存"，在这十四家，一方面除了极个别的温饱之家，
所有的日常生存几乎就是为简单的口粮苟延残喘地"活着"——
在贫瘠的隙地上望天收般讨口粮，或者背井离乡地讨饭、打工。
他们，在乡者，忍饥挨饿；去乡者，有的被骗到黑砖窑黑工厂，
有的客死他乡。但另一方面，值得注意的是，这十四家，只有
极个别的成员有过偶然起意的盗窃摩托车的罪案。

　　盖娅特丽·斯皮瓦克谈庶民政治时曾经提出"该（the）庶
民不能说话"的命题。一个"行动着"的写作者，他的工作不
应该只是归纳、概括，而是要面对"该（the）"的"独一无二"，
写出属于自己的"这一个"。（霍华德·怀南特：《盖娅特丽·斯
皮瓦克谈庶民政治》，刘健芝、许兆麟选编：《庶民研究》，
吕卓红译，第 243 页，北京：中央编译出版社，2005。）陈庆
港的《十四家》，梁鸿的《中国在梁庄》《梁庄在中国》，李
娟的《冬牧场》写了一群真正意义的"穷人"，一群赤贫却尊

严地、忍耐地活着的"穷人"。虽然，我们仅仅把"行动者的写作"局限为让"穷人"说话，但在许多大众传媒将"贫穷滋生暴民、刁民"当作当然的逻辑向"穷人"大泼污水的当下，这些写作让我们想起法国作家勒克莱齐奥说的："笔和墨有时候比石头还重要，可以对抗暴力。"还不只是"对抗"，对一个写作者而言，至少首先要选择和正义、良知、尊严、善良、美好……站在一起。在这些写作中间的"穷人们"都是我们时代真正干净、纯正的"良民"。"良民"即"穷人"，这使得"行动者的写作"往往有了一种苍凉、不平之气，一种写作伦理上的道义自觉担当。这是"行动者的写作"之立场、之关怀所在。正因为如此，"行动者的写作"往往具有"声援穷人"的意味。这种声援不只是物质、道义之上的，更是他们能够进入另一个世界，进入人们的内心理解和体恤他们内心的无望和孤独，无论是陈庆港、梁鸿笔下的农民和打工者，还是李娟笔下的牧民，还是王小妮笔下的青年学生们，如陈庆港所说："我们的社会应该更公平地对待他的每一个成员。"

　　"穷人"在中国现代史上已经缠绕了许多复杂的政治意识形态和文化内容。因此，对"穷人"的声援并没有先天赋予，也不是在任何情境下都具有合法性。但这些书里的"穷人"首先却是应该得到比现在还要广泛的声援的。那么，何为"声援写作"？我考虑的是智识者的身份和责任。"谁"声援"谁"？当然是智识者对沉默"穷人"的声援。为什么要在"穷人"前加"沉默"的前缀。一个显见的事实是，在今天智识者也可能是经济、精神意义上的"穷人"，但却能够"丰富""丰沛"的言说。他们是声音、言论的"富裕者"。而沉默的"穷人"，连言说的资格也可能被剥夺了。因此，"声援写作"强调的是能言说者对沉默者的道义、良知上的声援。就像梁鸿思考的：当代文学与现实世界之间，作家与社会生活之间，是不是出现了某种误区？文学的"行动力""批判性"表现在何处？它与人类整体生活和精神存在之间的关系又是什么呢？希望在文学中能够找到这样一种血肉的关联，希望能启动自己内在的精神的痛点，以达到最终的"真实存在"。从这种意义上，"行动者的写作"可以理解为"我"和世界关系的重建和再造。显然，这不是这几个写作者所面临的问题，而是整个中国知识界面对变动不居的"新世界"所必须正视的问题。也正是从这种意义上，我们看到"行动者的写作"的背景是一批智识者开始自我选择的"上山下乡"（我谨慎地使用"上山下乡"，强调行动者的独立、自由的选择，因为这个词有着太多灾难性集体记忆，对这场灾难的反思迄今远未完成）。进行植根中国大地的乡村改造实践。

王小妮的《上课记》、陈庆港的《十四家》、梁鸿的《中国在梁庄》《梁庄在中国》、李娟的《冬牧场》近乎"实录"，如果我们把它们看作散文，这些"行动者的写作"也是在重建散文文体的尊严。它们既没有对中国田园牧歌想象，也没有嗜痛炫痛般妖魔化中国，而且尽可能地褪去了"文人腔"和"文学腔"去"实录"中国之一角之一些人一些事。往"文人腔""文学腔"里说去，总感到和生活之间有种说不出来的隔膜。书斋里编故事，从江湖上看去，终是一派书生意气。不粗、不野，没有一股狠劲和杀气，很"贵族"很"山林"。当然，这差不多是整个中国文学的"病"。所以，我曾经多次重提"人道主义"的基本常识，认为："人道主义"是好东西，知识分子的悲悯也是好东西，但那都是要有坚硬的骨、浓烈的血，才能撑得起，才能蓬勃和活顺。回到中国现代文学的开端，记得周作人在《人的文学》说过："我所说的人道主义，并非世间所谓'悲天悯人'或'博施济众'的慈善主义，乃是一种个人主义的人间本位主义。""慈善主义"和"人道主义"的混淆是当下中国文学一个需要警惕的问题。比"慈善主义"更退步的是，"穷人""底层""弱势群体"在今天频繁地被知识界所劫持和征用，有时还不是智识者真的对"穷人""底层""弱势群体"抱有悲悯和同情。我不惮以小人之心去揣度，如果不沉浸到"穷人""底层""弱势群体"中间，不是"声援"的精神立场，在今天一些所谓的知识分子去谈论"穷人""底层""弱势群体"，远比讨论"富人""上流""强势群体"安全得多，也容易博得掌声得多，当然也更可以树立起"知识分子"之"公共"名头得多。因此，那些"农村"的走马观花式的田野调查式的过客是很难抵达今日中国"农村"真相，也不可能指望他们予穷人以有力量的声援。

新世纪中国文学写"底层"写"穷人"弥漫着廉价浅薄的同情。这种庸俗化的"慈善主义"的文学表达在中国现代文学是有着自己传统的。从五四"问题小说"的"爱"与"美"到"现实主义冲击波"的"分享艰难"，再到今天的"向往温暖"，现实主义一直没有能够被贯彻到底，甚至沦为作伪的"现实主义"。"慈善主义"不是"人道主义"。因此，对于我们当下心系"底层"和"穷人"的知识人、写作者们，我们能不能先收起浅薄的"慈善主义"，而是精准、到位地将底层的真相说道一二？在这方面，"行动者的写作"不约而同地都对源自智识的议论和抒情保持足够的警惕。"它是一个记录，虽然我会议论会抒情，但这次，所谓文采要让位于踏实真切的记录本身。"（王小妮）"议论容易陷于空泛，容易有观点和一元化、绝对化，当然，也容易暴露自己的弱点和缺陷。"（梁鸿）《十四家》中没有加入论议，一切外显的主体解说被弱化或者抽去，这样做只是想对叙事进行客观的呈示。书中的每段内容，都是正在行进着的生活的一个切片。"当然，任何一件作品都无法回避作者的情绪，在这本书中我可能无法做到完全彻底地排除个人情绪，它一定多少夹进了我的个人情绪，虽然这并非我情愿，但假如存在这种情绪，那么这种情绪也是一个正常人在面对某些事实时的可以理解的正常反应，它应该也是事实的一部分。一个负责任的记录者，可能不是一个没有情绪的人，而是一个不会因为自己的情绪而去改变真相的人。"（陈庆港）

中国智识阶层一向有一种藏掖不住的居高临下的"得瑟"气。从这种意义上，夏榆所强调的"自我清洗"就有着很重要的现实意义。夏榆是当下作家中少有的把"黑暗"作为自己一贯文学志业的作家。此前我就读过他的《白天遇见黑夜》。在夏榆看来："写作对我个人而言，更多地像是某种清洗行为。我试图通过写作清洗生活和境遇加给我内心和精神中的黑暗，以回复我作为人的本性的光亮；通过写作我清洗虚假的知识和伪饰的逻辑带给我的非真实感。让自己行于真，坐于实是我给自己的生活要求。"夏榆写人在矿场的劳作，写人在漂泊中的命运，也写强权对人的奴役，资本对人的剥夺，写底层生活的喑哑和无权者的屈辱。如他所说："是把他们看成是'自由的试金石'，'繁华的检测体'，'文明的显示剂'。……我书写当代生活的现场，从个人的境遇和经验出发，从个体的人类身上，我看到时代的光影和时间的刻痕。"也正是从这种意义上，我理解梁鸿所说的"行动的前提是谦卑"。而"行动之后"呢？李娟是自觉到自己的渺小和微弱。李娟的《冬牧场》本来是《人民文学》资助的一个"非虚构写作计划"，这种计划本身就带有"下生活"的意思。在 2010 年至 2011 的冬天里。李娟跟随一家熟识的牧民进入新疆阿勒泰地区南部的古尔班通古特沙漠生活了三个多月。这三个月李娟所体验到的不乏中国文学中惯于招摇的"边地""异域""他者""传奇"，但李娟的《冬牧场》却只朴素地记录了她为这个家做的"背雪、赶小牛、赶羊、绣花毡、缝补衣服、解说电视内容"这些平易的困苦的记录牧民生活；只记录了男女主人内敛隐匿的爱与忧伤；记录"我不能理解他，他也不能理解我"的深沉隔膜。李娟的《冬牧场》说："在这样的生活中，并不是'体验'的时间越长，就越理直气壮。恰恰相反，我越来越软弱，越来越犹豫和迟疑，越来越没有勇气……日日夜夜的相处，千丝万缕的触动，一点一滴的拾捡……知道得越来越多时，会发现不知道的也正在越来越多。这'知道'和'不知道'一起滋长。这世界从两边为我打开。""总之我小心翼翼地观察着眼下的生活，谦虚谨慎，尽量闭嘴。否则一开口就是废话、蠢话或梦话。"或许这就是"行动者的写作"的最终意义吧。

嗫瑟的智识者们何时能够少说不说"废话、蠢话或梦话"呢?

2012 年 10 月 5 日随园西山

"先锋文学"，止于"先锋姿态"

　　20世纪80年代的先锋文学，是对20世纪文学现代主义审美和形式革命的补课，还是"奔忙于官方话语和新兴异端力量之间的协调者"推动下的"本土性、民族性的文化建设方案"？（张旭东著，崔问津等译：《改革时代的中国现代主义》，北京大学出版社2004年，第116、22页。）我们对发生在20世纪80年代的先锋文学运动的起源和性质可以有很多的解读。对于这场先锋哗变的终结，有一种被广泛认同的观点认为其是与整个20世纪80年代终结连带着的，甚至有人认为这种终结可以具体到某一个确定时间某个事件。张旭东在他的《改革时代的中国现代主义》前言一开始就说："作为在80年代成长起来的那一代人中的一员，我亲历了那激动人心的十年在一个夜晚戛然而止，并目睹了'新时期'知识分子自我荣耀的神圣光环随之烟消云散。"（张旭东著，崔问津等译：《改革时代的中国现代主义》前言，北京大学出版社2004年，第1页。）这种说法在海外当代中国研究容易理解，因为一切皆可是"政治的"，一切也很容易找到证据，比如一个显而易见的事实，80年代结束之后一个短暂的阶段，文学期刊，只有《收获》还能偶尔见到余华、苏童、格非等的先锋小说，那些20世纪80年代先锋文学的集散地，像《北京文学》《人民文学》，先锋小说作家和作品几乎集体失踪。

上海的文学刊物没有明显的转身，比如《上海文学》1989
年第 8 期"编者的话"依然在奢谈"先锋"：

> 亲爱的读者，在改革开放的大背景下，当代中国文坛
> 始终面临着一种困扰，那就是如何处理好既要保持发扬民
> 族优秀文化传统，同时又要投入世界文学潮流的矛盾。
>
> "先锋派"小说的出现以及它所引起的争议，大致是
> 由于这类小说的审美趣味及其对世界的感知方式，向中国
> 文人传统的美学品格发出了挑战。有些作家愿意接受"先
> 锋派"小说在叙事方式与文体操作方面所给予的艺术启迪，
> 但对"先锋派"小说所表现的审美价值意态，却始终保持
> 其批判的态度。(《编者的话》，《上海文学》1989 年第 8 期。)

刊物的编辑出版有一个时间周期，我们可以把这种时代政
治的时间差理解为前代"先锋的遗存"。但似乎又不完全是这
样的，一直到 1990 年第 1 期，《上海文学》仍然还想再找到一
种微妙的平衡，该期的《编者的话》这样道：

> 亲爱的读者，我们重逢在九十年代，《上海文学》将
> 与您一起迎接九十年代第一个春天。
>
> 经过风雨的洗礼，春光将更加明媚地展开。我们对社
> 会主义文学事业的前景，始终充满信心。
>
> 我国正处在社会主义改革与现代化建设的关键时刻。

我们的社会生活纷繁复杂，五彩缤纷；人民群众的精神需要广阔多样，健康向上；这就决定了我们的文学也应当是多姿多彩、丰富广博的，不仅形式、风格，而且题材、主题、创作方法都应当多种多样，百花齐放。

当然，在多样化之中我们必须坚持社会主义文学的主旋律。对革命与建设事业的深沉反思，对改革开放、现代化建设的热情关注，对社会主义道德、理想、民族正气的坚定张扬，都应包括在我们所说的主旋律之中。在多样化中强化主旋律，在主旋律中发展多样化，我们的社会主义文学道路无比宽广。（《编者的话》，《上海文学》1990年第 1 期。）

在讨论 20 世纪 80 年代终结的话题，我们很容易会被一种启蒙受挫的悲情所暗示和劫持，就像诗人王家新写于 1990 年的《瓦雷金诺叙事曲》《一个劈木柴过冬的人》《帕斯捷尔纳克》等诗歌，那种“季节在一夜间 / 彻底转变”，“你一下子，就老了 / 衰竭面目全非”，哀伤、苍凉、绝望却坚持着。王元化的 1990 年 6 月 21 日日记记录去华东医院看望钦本立，“钦尚可在院中散步。……此次会面他因去年的风波，大概也知道自己得了绝症，心情殊恶。这些问题都是无法安慰他的。相对无言，甚觉凄凉。分手时赠他《短简》《传统》各一本。前人诗‘无言便是别时泪’，即此时心情的写照。”（王元化：《九十年代日记》）因此，20 世纪 90 年代知识分子所谓的“抵抗”针对是他们处身的“市场经济”，也部分源于启蒙梦幻灭。但事实上，早在这一时刻来临之前，20世纪80年代犹未终结已经现出端倪。至于"先锋的困境"也早已经被文学界觉察到，并在或大或小的范围里公开讨论。《钟山》的"新写实主义"就酝酿于1988年对先锋困境的反思。这种反思体现在后来的"新写实小说大联展"卷首语，其宣称：

> 所谓新写实小说，简单地说，就是不同于历史上已有的现实主义，也不同于现代主义"先锋派"文学，而是近几年小说创作低谷中出现的一种新的文学倾向。这些新写实小说的创作方法仍是以写实为主要特征，但特别注重现实生活原生形态的还原，真诚直面现实、直面人生。虽然从总体的文学精神来看新写实小说仍可划归为现实主义的大范畴，但无疑具有了一种新的开放性和包容性，善于吸收、借鉴现代主义各种流派在艺术上的长处。新写实小说在观察生活把握世界的另一个特点就是不仅具有鲜明的当代意识，还分明渗透着强烈的历史意识和哲学意识。但它减退了过去伪现实主义那种直露、急功近利的政治性色彩，而追求一种更为丰厚更为博大的文学境界。（"新写实小说大联展"卷首语，《钟山》1989年第3期。）

中国文学和时代政治之间深度的纠缠，但这不意味着文学研究就是"文学政治气象学"研究——政治气候影响文学天气。文学的起承转合有着自身的文学肌理。至今，先锋文学在许多著名的文学史教科书里还被解释为"怎么写"的技术升级，如果只是技术升级，与先锋文学同时代的和后起的作家在20世纪80年代已经差不多掌握了先锋文学"怎么写"的技术。20世纪90年代开始了，"先锋"去哪儿了呢？我们不能忘记20世纪80年代的先锋遗产还有文学先锋精神。与认为先锋文学终结于具体政治事件同样被广泛接受的观点是20世纪90年代崛起的资本市场和消费主义抑制了文学的先锋精神。是的，20世纪90年代是经济为王的时代，可是20世纪80年代又何尝不是如此呢？就像欧阳江河写于1989年3月的《快餐馆》"货币如阶梯　人群悬而未决／远景　空中的花园　知识在最底层"，而现在我们想象的20世纪80年代知识分子的启蒙精神也好，理想主义也好，文学的先锋性也好，都是在这样的时代背景上展开。不如是观，我们如何解释在消费主义已经渗透到我们社会的每一个细部，1999年改版的《芙蓉》却选择了"极端先锋"？甚至在今天的时代，文学越来越世俗化庸俗化，依然有"黑蓝""副本制作"的文学先锋实验。

　　1999年第1期萧元主编的《芙蓉》全面改版成一个"先锋文艺"杂志。是"文艺"杂志，不是"文学"杂志。改版后第1期的"实验工厂"栏目发表了朱文的中篇小说《大汗淋漓》和陈卫的作品小辑，以及魏微的小说，引人注目的是"艺术前沿"栏目连载的欧宁、陈勇设计，颜峻撰稿，聂筝摄影的"北京新声"，1999年第3、4期发表了艺术批评家李小山的小说《新中国》，其后又发表了先锋艺术家吴山专的小说《今天下午停水》。这些动作不由让人联想到80年代文艺和其他艺术门类跨界、共生于一个"先锋"场域的旧景。杂志使得这种"文与艺"先锋的共生性得到恰当的现实呈现，80年代的民刊《今天》《他们》是其先声，与《芙蓉》同时代的则是《花城》和《山花》。中国先锋美术的公众认知很大一部分应该不是来源于美术馆博物馆的展示，而是《花城》《山花》持续地以照片方式传播和历史存档。韩东和改版后《芙蓉》之间的关系密切。1999年《芙蓉》第3期，"南京兰园十九号"韩东的"受众反馈"其实某种程度上也可以视作《芙蓉》期望中的目标和趣旨。韩东认为：

> 今年国内很多文学期刊都在改刊，但方向比较单一，缺乏想象力，无非是让学者教授知识分子登场，唱主角，以使得刊物"深刻"一些。《芙蓉》在此气氛下却能独树一帜，坚持以艺术的原创性为特色的办刊方针，我认为这是很了不起的，是真正的卓尔不群……艺术门类之间的相互刺激和启发是尤为重要的。当年，海明威向塞尚学习描写风景……我们从音乐、绘画中吸取的营养是那样的丰富和必要，远胜于哲学和其他人文学科的学习。艺术家们的心是相通的，但艺术家与学者教授却隔着一层。艺术家不是典型的知识分子，至少我个人很不习惯于这样的描绘。我想说的是：我是一个艺术家而非知识分子。《芙蓉》改刊不是向知识分子靠拢，而注重介绍其他门类的艺术进展，对衰老的文坛而言是一个重要的提示。文学期刊的知识分子化说明了当今文学保守、衰败和自卑的倾向。在今天，以创造为己任的艺术依然存在，甚至层出不穷，只是它被各种平庸的势利竭力遮蔽。注重原创、真正的活力、年轻

的生命存在，注重无名艺术家、文学的未来方向，这些在改刊后两期《芙蓉》中所表达的意向确实令人鼓舞，它体现了办刊者的远见、热忱和平静的自信。

文学刊物的改版改刊是 20 世纪 90 年代中后期重要的文学现象，而且改版改刊往往是和发现推举年轻作家联系在一起的，早一点的像 1995 年，《山花》《钟山》《大家》《作家》等四家刊物共同推出《联网四重奏》这个新栏目，他们认为："90 年代的文化转型，大众传媒空前发展，文学迅速走向边缘，文学期刊的影响力也受到限制，文学新人的成长失去了往日后浪推前浪的繁盛。为了更充分地发挥文学期刊的潜能，及时发现新人并向文坛推举，我们四家刊物经过商议，决定改变原先独自惨淡经营的局面，采取文学联网的方式，在同一个月份，由四家刊物共同发表同一个作家的不同作品，为勃勃生机的黑马开辟广阔的原野，也为那些大器晚成的作家提供机会。欢迎有更多的作家为我们写稿，同时欢迎读者朋友为我们推荐好作家、好作品。"（《山花》1995 年第 5 期。）改造的目标就是使传统文学期刊成为富有活力的新传媒。文学期刊变革的动力应该部分来自网络新传媒。"网络的出现，说明了人们的叙说方式和阅读方式在悄悄地发生变化，它对文学刊物的启示是多方面的。"（唐小朗：《网络与刊物》，《青年文学》2000 年第 6 期。）"文学刊物是文字书写时代的产物。这一时代并没有结束，而数字图文时代又已来临。人们的运用方式和接受方式，面临着新的冲击。传统意义上的文学和文学刊物，也必然要面对这一形势。

既不丧失文学刊物的合理内核，同时文学刊物的表述方式（包括作家的写作方式）又必须作出有效的调整。这是编辑方针的改变，更是经营策略的调整。"（晓麦：《文学刊物的处境》，《青年文学》2000年第2期。）在很多的描述中，我们只看到新世纪前后文学刊物的危机，而事实上，发生在上个世纪末的文学期刊变革是一场自觉的"文学革命"。以《青年文学》为例子：

> 八十年代，文学刊物在小说、诗歌、散文、报告文学四大栏目版块中运行，对号入座，其乐融融。九十年代，人们的文学热情受到了非文学非文字传媒的强烈冲击，文学刊物以不断创新的旗号、林林总总的招牌来应对，尽管文学大殿堂不可避免地沦陷为文学小卖部，但这种局部的努力，表明刊物不仅仅是一种编辑行为，而更是一种运作和操作（甚至炒作）。到了九十年代，文学刊物在酝酿整体性的变革，不再停留于某一说法、某一栏目的更新改造，而更着眼于办刊整体思路上的创新。

> 从八十年代的计划性编辑、到九十年代的主动性操作，再到世纪之交刊物整体思想的形成，文学刊物主体性在不断增强。今天，我们似乎可以说，文学活动的主体部分在于文学刊物，文学刊物本身就是一种主体行为。它不仅仅是文学作品的汇编，也不仅仅是发表多少部好的作品，关键在于它是一个综合文本，是一种文化传媒。它应该更有力地介入创作与批评，介入文学现状，介入文学活动的全过程，并能有力地导引这种现状和过程。这样，文学刊物

才能真正拥有自己不可替代的个性和特色，而形成自己的品牌优势。

——只有充分认识到文学刊物作为文化传媒的价值和效用，作为文学活动的主体性存在，我们才能在文化市场上巩固自己的地位，发展自己的优势。（晓麦：《文学刊物就是主体行为》，《青年文学》2000年第1期。）

"文学刊物作为文化传媒"，《青年文学》是通过强化"写实"是实现的：

写实是与虚构相对应的。在本刊的板块操作中，我们把虚构的部分划归为"小说"，而把真实性的描述放在"写实"之中。这样做，目的是为了突出纪实、散文类作品的真实性，强调这一类文体本身应具备的真情实感。正是在这样的设定中，我们安排了诸如"经历"、"感遇"、"行走"、"心情"一类的栏目。一方面，我们希望在写实的说法下，更多地展现真实性的丰富内涵，给读者以明确的导引；另一方面，我们也力图接纳更多的能够艺术地表达作者真情实感的作品，给这些作品一个广阔的展示空间……

……在写实板块的显著位置上，近来我们又新添了"新写实"一栏。这是专发新近散文作者作品小辑的一个栏目。当我们注意到了作者的才情和潜力，当作者陆陆续续寄来的作品形成了一定的规模，并且大体比较齐整时，我们就推出相应的小辑，以期引起大家的注意。这些作者大都很年轻，有很好的文字感觉，他们流露出来的心情意绪，有很深厚的蕴涵，有很鲜活的感动，而且不伪饰不做作，收放自如，取舍有度。我们操作的写实板块，也是希望出现更多这样的作者和作品。

在文字、感受、情调、境界上到位，这是读者对"写实"的要求，也是我们对"写实"作者的要求。（《写实的含义》，《青年文学》2000 年第 7 期。）

"新写实"，重建的是文学和我们日常生活之间的关系，这和新世纪《人民文学》的"非虚构"有着一脉相承的精神气质；《作家》"七十年代出生的女作家专号"与文字镶嵌在一起的则是女作家的"写真"影像志，比如"在'阴阳'吧里。夜晚的艳妆生活就要开始，只是那次来不及把头发染蓝。"的艺术照相和卫慧小说构成了一种互文关系，这是作家向娱乐人物、文学期刊向时尚杂志在靠近；而《芙蓉》"改刊不是向知识分子靠拢，而是注重介绍其他门类的艺术进展"。在这场传统文学期刊的变革潮中，"70 后"成为"对衰老的文坛而言是一个重要的提示"。（韩东）（《芙蓉》1999 年第 3 期。）应该看到，虽然"70 后"作家从一开始就是被文学刊物的变革所征用，但一些"70 后"在此过程中却对文学的传媒化保持着足够的警惕。这里面《芙蓉》的努力尤其值得重视，在绝大多数文学刊物包装、炒作"70 后"作家的时候，《芙蓉》所做的工作却是"重塑 70 后"，反抗被塑造。认识到这一点，我们才能够发现新世纪"70 后"作家和文学新传媒关系的复杂向度：不只是迎合和妥协，而且有反制和抗争。

　　和 80 年代的《收获》《上海文学》《人民文学》《北京文学》将部分的先锋文本"掺沙子"式地混编进"不先锋"文本的折衷妥协不同，1999 年第 1 期到 2002 年 4-5 期合刊的《芙蓉》是一个真正意义的先锋文艺刊物，尤其是 1999 年第 4 期以"寻求精神尊严的写作"作为诉求的"重塑'70 后'"开栏，该期发表了李安带有宣言性质的《重塑"七十年代以后"》：

　　　　重塑"七十年代以后"：我们期盼中国文学深层意义上的独立。我们渴盼中国文学从此逐步脱离政治、改良、社教、道德、宗教、文化、功利野心以及时尚的左右，首先回到文学本体的建设。同样，我们并不抵制"意识形态的"、"道德改良的"、"知识分子的"文学，我们只是认为"文学性"、"艺术性"应该是文学的首要特质；而后者长期以来几乎从未得到文学界乃至作家的健康重视。

　　　　重塑"七十年代以后"：我们盼望通过此次行动，集中而健康地体现"七十年代以后"不为时尚左右的真正文学艺术创作的真实面貌。（李安：《重塑"七十年代以后"》，《芙蓉》1999 年第 4 期。）

　　《芙蓉》的年轻和叛逆的先锋形象变得清晰，至 2002 年第 2 期，"重塑'70 后'"共出十七期，首期发表了陈卫、顾耀峰、何维彦、侯蓓、彭希曦、李樯、棉棉、魏微、胡昉、楚尘等的小说。"可以说，《芙蓉》推出'重塑七十年代以后'这个栏目，是其改版以后坚持文学的先锋立场和民间立场的又一有力体现。"
（《南方都市报》1999 年 7 月 10 日。）2002 年 4-5 期合刊后，
2002 年第 6 期《芙蓉》"挑战传统阅读，推出新人新作"的办
刊趣味调整为"展示名家力作，推出新人新作"，结束了中国
当代期刊史上最极端的先锋革命。

现在可以讨论的是 1999—2002 年的《芙蓉》和"85 新潮小
说"的先锋之间有没有继承性和差异性？可以肯定八十年代先
锋小说的"形式革命"不是韩东关注的核心问题，他这样谈到
他的中篇小说：

> 与其说我关注的是存在问题，还不如说我关注的是情
> 感。爱情、男女之情、人与人之间以及人与动物间的感情
> 是我写作的动因，也是我基本的主题。有时，生存的情感
> 被抽象为关系。对关系的梳理和编织是我特殊的兴趣所在。
> 在处理心理现实时我不能满足于所谓的"意识流"。我认为
> 只有在关系的设置和变化中心理研究才能达到"分子"水平。
>
> 在形式创新上我并无过分的野心。我喜欢单纯的质地、
> 明晰有效的线性语言、透明的从各个方向都能了望的故事
> 及其核心。喜欢着力于一点，集中精力，叙述上力图简约、
> 超然。另外我还喜欢挖苦和戏剧性的效果。当然平易、流畅、
> 直接和尖锐也是我孜孜以求的。（韩东，《我的中篇小说》，
> 《我的柏拉图》，陕西师范大学出版社，2000 年自序 2。）

韩东对自己写作谱系有着自己思考，他认为："一九七六年

以后至今，当代民间已有自己简短然而不无重要的历史。一方面是大量的民间社团、民间刊物和个人写作者的出现，一方面是独立意识和创造精神的确立和强调。""一九九八年五月由朱文发起的题为'断裂'的行为，尽管参加者立场不同，甚至各怀目的，但就其行为本身而言却是真正革命性的。它的民间性质、在新的历史条件下对非文学的压力的反抗以及明确必要的身份立场都是至关重要的。"（韩东：《论民间》，《芙蓉》2000年第 1 期。）即使韩东不承认"断裂"是"路线斗争"，值得注意的是，韩东强调的民间、个人"先锋"其实和八十年代《收获》《上海文学》《人民文学》《北京文学》的"国家计划文学"体制内"先锋"是有着精神向度一致性的——"最好的情况下它是肌体（腐朽的文学秩序）中的一根刺。我们就是要成为这样的一根刺，肌体之上的毒瘤、癌，成为身体里的异物，而不想成为腐烂的肌体本身。"（韩东：《备忘：有关"断裂"行为的问题回答》，参见汪继芳：《断裂：世纪末的文学事故》，江苏文艺出版社 2000 年。）这提醒我们，在中国当代文学格局中，所谓的"先锋文学"其实往往是一种"先锋态度"，是一种表态和站队。甚至可以说，没有所谓假想敌人体制内的文学共同体，没有压抑和反抗，也就没有所谓的"先锋"，这是不是从一开始就注定了先锋文学在中国的命运？

更值得注意的是，进入新世纪，当比"断裂"更年轻的所谓"80 后"作家登场。"80 后"普遍经历过一个青春期写作，或者阴郁的成长小说，或者说"萌芽体""新概念作文体"的阶段，然后化羽成蝶。他们学徒期写作可以用张悦然的一篇小说题目，

"是你来检阅我的忧伤了吗"（张悦然）。这里面是有一些典型之作，比如笛安的《姐姐的丛林》、张悦然的《水仙已乘鲤鱼去》、苏德的《赎》、春树的《北京娃娃》、郭敬明的《悲伤逆流成河》等。青春期抑郁症式的神经质样的写作带有一种传染性，像病毒一样被大规模的复制，覆盖了"80后"更为复杂的写作现场。青春期写作之后，"80后"作家曾经有一个锐意进取的时代，像春树、甫跃辉、王威廉、周嘉宁、王若虚、张怡微、孙频、苏德、苏瓷瓷、罗娓、笛安、郑小驴、颜歌、韩寒、张悦然等这些作家出"代"成"个"，显示独立、单数的气象。2010年，我甚至谨慎地把"80后"出"代"成"个"命名为"独立写作"，以区分传媒想象的"80后"写作。"独立写作"区别于单一的反抗性的"先锋写作"，是有着自己独立的体验、经验、立场、修辞、语体的写作，比如苏瓷瓷的《李丽妮，快跑》，那种"一个人用左手打开了右手在体内\黑灯瞎火地制造暴雨"；（苏瓷瓷《一个人的战争》）；比如郑小驴的《1921年的童谣》《1945年的长河》的湘西，对家与国这些现代文学传统题材的驾驭；比如苏德的《甲脸》和《戒子》的"骊水镇""恩泽镇"，志怪、笔记、玄幻和现实的不着痕迹地对接；比如颜歌的《异兽志》《良辰》——《良辰》的图书广告说《良辰》是颜歌的一部转型之作，颜歌一改以往文风，以一种模糊现实的手法写出了十种尘浮于上又深入骨髓的爱。在这些故事里，颜歌说她"最大限度地背叛了自己，几乎是义无反顾，投身入刺裂的未知。"这些故事的男主人公都叫一个名字——顾良城，身份各异，是号丧者、剧作家、养蜂人，还是图书馆管理员、花圈制造者、汽车修理工……他们大致都属于底层生活者，在精神本原上又都是一个人，流离失所，过着乱七八糟的生活，没有亲人，没有过去——在剧烈而浓密的绝望里，生活着，爱着，倔强而辛酸地，奢望着最后的希望。

可是现在不要说"独立写作"，年轻作家甚至连"断裂"式的"先锋态度"也稀薄的。"80 后"是世故、衰老，还是成熟了？早几年前张静的《珍珠》写道："他的喉咙里生长着一颗珍珠。""我们曾经为房租发愁，也做过流产手术，也许现在也算不上是什么灾难，……我们刚交了房子的首期付款，积蓄没有了，我们还要把手术费准备好。我相信总有一天能解决掉这个问题，当然要花钱来解决，我可不想让他上电视，用我们的遭遇激发人们掺杂着好奇的同情心，我们有能力保护自己的隐私。""我们和好了，带着失败者的心情躺在床上，亮着灯，我们呆望着天花板，一直以来我们肩并肩建设着我们的生活，虽然不可能是一蹴而就的，但我们也不是没有努力过，可现在，我们又一无所有了。"现在这些年轻作家虽然各有进步，但"我们和好了"——当下中国年轻作家与他们前辈反抗的体制缠绵得很深。我不知道这种"蜜月期"式的写作还要持续多久？难道要等到老了才会像韩东那样说那样做？韩东说："在同一代作家中，在同一时期内存在着两种截然不同甚至不共戴天的写作"？韩东这句话写于 1999 年，是年，韩东 38 岁。

2015 秋随园西山

可疑的先锋性及"虚伪的现实"

　　这个题目受启发于余华的《我的写作经历》，余华说："一个有趣的事实是，我在中国被一些人认为是学习西方文学的先锋派作家，而当我的作品被介绍到西方时，他们的反应却是我与文学流派无关。所以，我想谈谈先锋文学。我一直认为中国的先锋文学其实只是一个借口，它的先锋性很值得怀疑，而且它是在世界范围内先锋文学运动完全结束后产生的。就我个人而言，我写下这一部分作品的理由是我对真实性概念的重新认识。文学的真实是什么？当时我认为文学的真实是不能用现实生活的尺度去衡量的，它的真实里还包括了想象、梦境和欲望。在一九八九年，我写过一篇题为'虚伪的作品'的文章，它的题目来自毕加索的一句话：'艺术家应该让人们懂得虚伪中的真实。'为了表达我心目中的真实，我感到原有的写作方式已经不能支持我，所以我就去寻找更为丰富的、更具有变化的叙述。现在，人们普遍将先锋文学视为八十年代的一次文学形式的革命，我不认为是一场革命，它仅仅只是使文学在形式上变得丰富一些而已。"（余华：《灵魂饭》，南海出版公司2002年，第147—148页。）但如果把"文学的形式革命"同样理解成通向"为了表达心目中的真实"呢？形式所带来的就不仅仅是文学技术的升级，而且有可能带来世界观和文学观的变化，就像马原所认为的："大家习惯上愿意把《冈底斯的诱惑》作为先锋文学的一个事件来提。这篇小说里有什么惊天动地的大事呀？人家刘心武写《5·19长镜头》，那是中国出了那么一个事件，大伙关心一下也正常。我这个小说尽写我在西藏的那些乱七八糟拉拉杂杂的事，今天找野人明天看天葬的，这些事有什么意思呀？但是那时候马原和马原同时的那些作家，他们就觉得一天到晚看张家人受冤枉了，李家人受迫害了，也没什么意思。在1985年这年里，中国的小说家里有一批人，他们一下子把小说关注的焦点从'写什么'，从内容，一下子转移到'怎么写'，也就是转移到方法上来。"（马原：《我与先锋文学》，《上海文学》2007年第9期。）因此，无论是"对真实性概念的重新认识"，还是"怎么写"，我们看20世纪80年代中国发生先锋文学，有一点是肯定的，就是对中国文学既有的"文学的真实"的质疑。而有意味的是，看这些先锋作家的个人写作史，这些先锋作家往往是从他们所否定的"真实"开始他们的写作。因此，他们的先锋写作某种意义上是一种自我质疑和否定之后的写作。

现在，假定这样的基本前提成立——20世纪80年代中国的先锋文学是由残雪、马原、余华、苏童、格非、孙甘露、洪峰等等这些人组成的"想象的共同体"，我一直想的一个问题是，这些有着各自写作出发点的人是如何被召唤到一起的，仅仅是期刊的组织和文学史的追认吗？读他们的创作谈和写作学徒期的作品这个问题或许能够得到回答。有一个似乎被广泛认同的看法：自媒体时代是写作民主时代的来临，每一个写作者都可

以绕开编辑和审查自由地写作和发表作品。基于这个判断，未
有网络之前的时代往往被想象成一个对文学创作和发表严苛审
查和管制的时代——至少中国是这样的。我觉得这是一个建立
在未经普查之上的判断。因为，它无视中国出版制度时紧时松
的弹性以及期刊编辑的自主性和独立性。中国当代文学期刊作
为"国家计划文学"某种程度上是"想象的建构"，现实的复
杂性往往被简单的政治站队简单化，比如中国当代文学期刊发
现文学新人的传统就不能简单地理解为政治意识形态实用性地
培养文学接班人。有一个文学现象没有被充分研究，20 世纪 80
年代大量的"青年文学刊物"，像《青春》《丑小鸭》《百花园》《西
湖》《芒种》等等。检索这些作家学徒期在这些刊物的"少作"——
这些"少作"几乎很少出现在他们成名之后的作品结集之中，
如果只读他们的各种作品集，你很容易以为这些作家在 20 世纪
80 年代有一个共同的先锋起点。但事实上，除了残雪，一起笔
就写出《黄泥街》这样的先锋之作，一开始就发表在《人民文学》，
其他的作家马原也好，余华、苏童也好，不仅一开始"不很先锋"，
而且也没有一开始就在所谓重要文学期刊——比如后来他们成
名的《收获》《人民文学》《上海文学》《北京文学》有发表
作品的好运气。却是《青春》《丑小鸭》《百花园》《西湖》《芒
种》《北方文学》《小说天地》《飞天》《关东文学》等等"地
方性刊物""小刊物""青年文学刊物"的宽容，使得他们得以
完整地呈现了他们写作的自我摸索和自我否定的过程。甚至可
以说，这些"小刊物"成就了先锋作家文学完成他们的文学学
徒期。因此，研究中国先锋小说的生成应该从这些"小刊物"，

从研究他们"不很先锋"的小说开始。可以举苏童做例子，按照他自己所说，他到南京写的第一篇作品是《桑园留念》。(《南方的诗学——苏童王宏图对话录》，漓江出版社 2014 年，第 15 页。)那么《桑园留念》之前他的写作能够查到的在《青春》《百花园》等刊物上发表的小说应该有《第八个是铜像》《老实人》《江边的女人》《我向你走来》。《第八个是铜像》《老实人》《我向你走来》这些小说有的写大学生活，有的写改革家，你似乎看不到和苏童未来的文学风格有什么关系，但《江边的女人》中逃乡、灾难等等却是苏童未来反复书写的母题，甚至"凤凰湾"也有着"枫杨树故乡"的隐约源头。和苏童一样，马原早期的写作也是没有找到自己的驳杂，但发表在 1982 年《北方文学》和《芒种》的《海边也是一个世界》《梦魇》却是有着典型个人经验，也是未来写作源头的作品。相比较而言，余华早期的写作似乎比苏童自觉，余华是从深受川端康成的影响开始他的写作，这些小说发表在《西湖》，也发表在后来他发表成名作《十八岁出门远行》的《北京文学》。他们就这样在"小刊物"起步，进行着"阅读和写作的自我训练"(余华：《灵魂饭》，南海出版公司 2002 年，第 146 页。)，等待着和现代主义文学的在不同契机下的相遇。

　　是的，谈论 80 年代先锋小说，自然都会说到外国文学对于他们的影响和激活，但面对庞大的"外国文学"，笼统地说他们受到外国文学的影响并不能使得一些问题得以澄清，需要进一步去清理外国文学的哪一部分对他们的写作构成了怎样的影响。比如我们注意到八十年代的中国先锋作家的阅读往往都是从十八、十九世纪经典作家进入二十世纪作家的过程。马原曾经说过:"七八年以后读书重心转到二十世纪作家的作品上,我这时才发现了适合我的方法。我进而发现我其实不喜欢古典大师们的感情方式,我只是崇拜他们的结构和他们洞察本质的高超抽象能力。二十世纪的文学像科学一样,二十世纪是古往今来最辉煌的世纪,出色的作家可以列出长长一串名字……"(马原:《马原写自传》,《作家》1986 年第 10 期。)类似的情况也出现在格非身上,格非自己认为:"在进入华东师范大学就读的同时,我开始系统地涉猎外国文学作品,起初的两年,范围主要局限于 18、19 世纪的俄罗斯、法国、美国的一些经典作家。……1985 年前后,我对外国文学的阅读兴趣开始转移到现当代的作品中来,20 世纪以来的小说实际上经历了一个文学观念、叙事技巧的深刻变革,我认为这是一个真正的群星闪耀、交相辉映的时期:卡夫卡、加缪、普鲁斯特、罗伯 - 格里耶……令人目不暇接。"尽管我对这些作家的叙事方式感到浓烈的兴趣,并受其影响,但我并不认为这些作家、作品背离了传统与现实,他们的努力只不过是对正在悄悄延伸之中的现实与传统作了更为深刻、准确的把握。"(格非:《欧美作家对我创作的启迪》,《外国文学评论》1991 年第 1 期。)这样的脱"18、19 世纪"入"20 世纪"的拣选有时会更为精细更为个人化,比如余华离开川端康成转而选择卡夫卡,余华认为:"由于川端康成的影响,使我在一开始就注重叙述的细部,去发现和把握那些微妙的变化。这种叙述上的训练使我在后来的写作中尝尽了甜头,因为它是一部作品是否丰厚的关键。但是川端的影响也给我带来了麻烦，这十分内心化的写作，使我感到自己的灵魂越来越闭塞。这时候，也就是一九八六年，我读到了卡夫卡，卡夫卡在叙述上的随心所欲把我吓了一大跳，我心想：原来小说还可以这样写。"（《我的写作经历》）20 世纪 80 年代的中国先锋作家从各自遭遇的文学问题出发向 20 世纪西方现代主义汇集。于是，一个有意思的文学现象出现，中国 80 年代的先锋文学确实如余华说"是在世界范围内先锋文学运动完全结束后产生的"，如果以对既有文学惯例的反叛作为指标，中国八十年代先锋小说的先锋性也确实是可疑的，但如果我们不拘泥于某一个国别，某一个历史时段，把中国 80 年代的先锋文学纳入世界文学中的先锋文学谱系。时空错置，另一个世界已经消歇的先锋文学潮流，却恰如其分地成为中国当代文学反抗文学成规的武器，就像残雪所说的："刚开始没看现代主义的作品，家里没这些书，从前读了些鲁迅、托尔斯泰、果戈理的小说，一九八三年写《黄泥街》，边写边看翻译的现代主义作品，喜欢卡夫卡、怀特，美国女作家——写《伤心咖啡馆之歌》的，记不得作者的名字。"第一稿和第二稿的《黄泥街》发生的变化，"主要是内心的升华的过程。写实主义的写法不过瘾，有些东西说不出来，非得用现代主义的手法才说得出来，写第一稿时，没有看外国现代派的作品，就知道只有那么一种写法。"（残雪：《为了报仇写小说——残雪访谈录》，湖南文艺出版社 2003 年，第 53 页。）所以，在更大的世界文学视野中来谈论中国 80 年代先锋文学是不是一种别样的现代主义意义呢？至少这是中国作家感同身受地在世界文学中写作吧？

在一个早已习惯用现实的尺度去衡量文学的真实的国度，先锋文学的不自信是与生俱来的，这或许能够部分地解释八十年代的先锋文学运动那么的短命。马原曾经和洪峰有一个通信，在信中讲过一件事，"当年《冈底斯的诱惑》走红很使我沮丧了一阵子，我自己觉得有点像喇叭裤、迪斯科和嗲味儿港歌一样一夜之间成了时尚，……你看我是个胆小鬼，我于是回过头来老老实实写一篇《旧死》，以证明我不是那个穿喇叭裤、跳迪斯科，摇头晃脑哼港歌的时髦小伙，证明我有坚实的写实功底，有不掺假的社会责任感，有思想有深入的哲学背景，一句话有真本事是真爷们儿，不是用所谓现代派花样唬粮票的三孙子。这么说的时候，突然就想起五年以前在上海的一段旧事，时间背景差异太大了，但是和陈村谈过一些几乎完全相同（至少是大概意思相同）的话，那一次是陈村这么说，他说要认真写一点所谓现实主义的东西，让他们看看他们那两手我们也行，而且一点不比他们差。我当时想的跟他不一样，五年以后一样了。"（马原：《谁难受谁知道——洪峰和马原的通信》，《文艺争鸣》1988 年第 4 期。）而且即便肯定了先锋文学想象、梦境、欲望之"现实一种"的合法性，有一个问题必须被提出来，即如何保证先锋文学不是对现实的另一种劫持？或者说，如果文学不是劫持现实，文学和现实如何相处？对于很多作家而言，文学劫持现实从来是天经地义与生俱来的。而如果文学对现实的劫持被合法化之后，一个直接的结果就是假文学之名对现实的所有篡改、涂抹、僭越都是合法的。文学可以在不追问现实之真的前提下直接去玄想文学之美。这还不是最可怕的，最可怕的是许多非文学的看不见的手将会在文学与现实的不正常关系下奴役文学,比如一切"政治正确"下的文学。我不知道有一个问题是不是可以从生理学和心理学上获得解释,就是我们的身体记忆如何转换成秩序化的文字? 说到底,所谓文学就是对现实的重建,如果不是劫持,那么我们在怎样的意义上去在纸上书写"文学"的现实——"虚伪中的现实"呢? 可不可以说是身体记忆和现实的误差,或者是文字和身体记忆的误差? 文学的魅力是不是因为误差滋生的未知、未完成的迷幻和不确定? 也正是从这里,我看到了,先锋文学使"现实"获得解放的绝处逢生,以及先锋文学走向对"现实"肆意妄为之后的末路。

　　文学应该有一种和现实相处的耐心,它在现实面前首先应该是卑微的,甚至是妥协的。

2015 年愚人节　随园西山

从“文艺青年”到“文艺女青年”

可以有许多的指标去衡量 20 世纪 80 年代这个所谓的先锋的文艺时代。我说是先锋的“文艺”时代，不只是先锋的“文学”时代，更不是先锋的“小说”时代。因为，在这我的观察中，先锋小说在整个 80 年代先锋文学和艺术中所占的份额其实是很微小的。或者换句话说，先锋小说在先锋的 80 年代不是单独的命运，先锋小说只是 80 年代先锋文艺的一支微弱的小分队而已，它的前卫性和反叛反抗性并不是最剧烈的，比如和小说最靠近的诗歌，按照《深圳青年报》和安徽《诗歌报》的“中国诗坛1986 现代诗群体大展”的统计：“1986——在这个被称为‘无法拒绝的年代’，全国 2000 多家诗社和十倍于此数字的自谓诗人，以成千上万的诗集、诗报、诗刊与传统实行着断裂”；而先锋美术从“星星美展”到“85 新潮美术”再到 1989 年的“首届中国现代艺术展”则是 80 年代中国先锋艺术最有力量和成果的部分。同样，先锋音乐和戏剧，其世界性的影响可能远远超过同时代的先锋小说。我不知道，如此的现实之下，我们凭什么把先锋小说想象成先锋的 80 年代。退一步说，即使作这样的想象，也应该是在整个 80 年代的先锋艺术现场里对先锋小说的想象和衡估。可惜的是，我们现在不仅仅没有一部能够被广泛认同的，不拘泥于狭隘的某一文学艺术类型的跨界的 80 年代先锋文艺史，而且在谈论80年代先锋小说的时候也不是在整个80年代先锋文艺潮流中展开。这个问题我们下次再谈吧。现在，我想说的是，当我们谈论80年代先锋文艺的时候，其实是"文学青年"的先锋文艺，它相对于已经成为传统和惯例的"中老年文艺"——这不只是指先锋文艺的实践者是文艺青年，也是指80年代文艺青年在整个八十年代国民人口中所占的比例，那是一个文艺和青年纠缠不清的时代，没有我们今天的这么多梦想一夜暴富的年轻创业者，多的是文艺青年。极端地说，没有80年代广泛的文艺青年做基础，是不可能产生80年代的"自由艺术家"，也不可能产生80年代各个艺术门类的先锋典范，当然也不可能造就我们现在频频回望的先锋时代。不唯如此，我们今天翻阅80年代回忆录，比如我手头正读的《与神语——第三代人批评与自我批评》，依然能够感觉这些追忆者对自己80年代"文艺青年"的个人前史的反叛性的珍视。事实上，不是所有的文艺青年都成为先锋作家和艺术家，他们也可能只"文艺"但不"先锋"，也可能会随着时间的推移放弃文艺，但挑战既成惯例和体制的、前卫、反叛、反抗、创造却是文艺青年成为文艺青年最有价值的部分。

如果确实存在过先锋文艺的黄金时代，也应该是文艺青年的黄金时代。文艺青年和一个时代文艺先锋的关系可以举我现在居住的南京做例子。文学南京的八九十年代是一个充满着先锋、理想、激情的众声喧哗时代，是南京的文艺青年造就了这个先锋的文学时代。八九十年代的南京，既是所谓体制内作家的重镇，也是自由作家的"飞地"。就自由作家这拨子人，20

世纪八九十年代，鲁羊、朱文、吴晨骏、楚尘、朱朱、魏微、陈卫等先后从海安、泰州、兴化、淮阴、常州聚集到南京，他们和南京本地的韩东、顾前、刘立杆、赵刚等会师，一时间使南京成为最有文学活力的城市。20 世纪 90 年代他们中的大部分辞去"公"职，让自己成了一个没有单位的写作者，一个闲人，一个穷文艺无产者。最具革命性的文艺青年往往是文艺无产者，像现代国家的文艺无产者一样，南京的自由作家当然很穷。在一些访谈者的笔下："朱文的饮食起居颇为简朴。辞去公职以后，他租居于郊区的南湖新村，以写作谋生……""他刚辞职时，如果没有汇款单来，心里会慌，后来就不慌了，他说这并不是因为钱多了，现在也常常有'断顿'的时候，而是习惯了。"20 世纪 90 年代南京其他的自由作家景况也差不多。魏微的住处是南京理工大学里的一处单元楼，她租的是一室一厅，月租金为三百五十元。有电话，有简单的家具。辞职后的魏微再也没找工作。魏微节省着过日子，比如自己做饭，换季的时候才去买衣服，还有，少买书。南京的"土著"要稍微好一点的，他们可以寄居父母家，比如韩东、赵刚；当然也有自己供房的，比如吴晨骏、朱朱，但因为没有稳定、丰裕的收入，他们都不是有着阔绰住房的中产阶级，朱朱说自己"过着一种俭省的生活。"扔掉固定饭碗的南京自由作家不爱江山，也不爱家庭。有一种说法，"在南京这帮自由作家里，吴晨骏是唯一正常过着家庭生活的人"。因而，可以说，南京自由作家自觉地选择"穷"，也自觉地选择成为"一个人"。用朱文的话说："从某种角度说，我辞职是为了让自己更为彻底地成为一个无用的人。在这种生存状况下，我精神上对写作的需要远远甚于写作对我的需要。写作的时候，通常我才有一种自己确实在生活的感觉。"文学青年成为一个文艺无产者，在这样的身份转换中，他们获得是精神的自由。

在大众传媒视野里，被命名为"京漂"的文艺无产者也许声名更彰，但"京漂"更接近地说是一帮被欲望鼓荡着的"淘金客"，一群机会主义者。如果真的要找他们和南京自由作家的相似之处，他们都是穷人。正是因为他们不时刻削尖脑壳，想着去"御前走动"，想着"投门子"，想着"潜"下规则，南京文艺无产者穷困，但不影响他们的悠闲。而且旧都南京在七亡八亡中间早去了势去了火，庙堂不在，留下的差不多就剩下闲适气和享乐主义的流风余韵。除了写作，南京文艺无产者的日常生活是由慵懒的上午觉、泡吧、踢球、闲逛、串门、大学演讲、"半坡村"酒吧的诗歌朗诵、先锋艺术展览、和文学异性交往、书店、南京大学作家班等等构成的。南京文艺无产者天生有一种相互吸引的气息，而且这些文艺无产者在南京落脚之后或多或少都和"他们"有一些勾连。"他们"有点类似文艺无产者的虚拟公社，按照韩东说"他们""原来就是一个沙龙。而在今天，沙龙的特点是什么？沙龙的意义是什么？我认为就是提供场所，提供支援，在一个恶劣的文学环境中，提供温暖、相互确认，提供一种抗击打的能力。这些东西在一个写作者的初期是非常重要的，他需要同志，害怕孤独，需要气味相投，需要确认，而沙龙能起到这样一个作用，我认为这就是它的意义。"我们不会把南京这群文艺无产者想象成一群同病相怜的家伙，那是他们厌恶的旧式文人爱做的勾当。当然他们从来不反对惺惺相惜，彼此鼓吹，当"断裂"丛书出来时，朱文说："我对他们的赞赏是由衷的，不因为他们是我的朋友而觉得有必要避讳什么而相反因为他们是我的朋友感到无比荣幸和自豪。"其实不只是南京，比如北京，比如四川，80年代多的是这种文艺无产者的"艺术公社"，他们源源不断地输送向体制、秩序和成规等冲锋陷阵的战士。

但也就十几年的时间，"文艺青年"在我们今天的时代却不是这样的，他们不但聚不成群落，成为自闭症者，甚至自己也厌弃了自己；他们有了性别之分，甚至在青年里面又细分出年龄之大小。2009年2月，年轻的北大女生邵夷贝写了一首歌：《大龄文艺女青年之歌》。这首有着民谣风的歌曲主人公是一个大龄文艺女青年"王小姐"——"王小姐三十一岁了 / 朋友们见到了她 / 都要问一个问题：你什么时候打算嫁呢？ / 可是嫁人这一个问题 / 又不是她一个人可以决定的 / 她问她爸爸 / 她问她妈妈 / 他们都说你赶紧的 / 你看你看你看人家那那那那那那那 / 你看你看你看看看那那那那 / 大龄文艺女青年 / 该嫁一个什么样的人呢 / 是不是也该找个搞艺术的 / 这样就比较合适呢 / 可是搞艺术的男青年 / 有一部分只爱他的艺术 / 还有极少部分搞艺术的男青年 / 搞艺术是为了搞姑娘 / 搞姑娘又不只搞她一个 / 嫁给他干什么呢 / 搞姑娘又不只搞她一个 / 奶奶奶奶奶奶的 / 呵呵这是一首悲伤的歌 / 呵呵这是一首悲伤的歌 / 朋友们介绍了好几个 / 有车子房子和孩子的 / 他们说你该找个有钱的 / 让他赞助你搞创作 / 可是大款都不喜欢她 / 他们只想娶会做饭的 / 不会做饭的女青年／只能去当第三者／不会做饭的文艺女青年／只能被他们潜规则／奶奶奶奶奶奶的／呼／这一首歌纯属雷同／如有虚构纯属巧合／请不要自觉对号入座／然后发动群众封杀我／你看你看你看她只会做西红柿炒鸡蛋／你看你看还要就着方便面／那是非常的好吃的"。这个"文艺女青年"王小姐在歌曲里好像除了把自己的生活弄得乱七八糟，没有一丝一毫的"文艺腔"。因此，我们的时代是很容易把一些"作女"指鹿为马地称之为"文艺女青年"的。

我们没有具体考证从什么时候起"文艺青年"有了性别之分，但从这里看，有了性别之分的"文艺青年"，当"文艺青年"成为"文艺女青年"之后，也许还是"文艺无产者"，但已经完全和前卫、反抗、反叛、创造等"先锋性"作了决绝的切割，她们即使不是"作女"，"文艺"也是磨钝了"先锋"的锋芒。新年伊始，有一本书值得一提——苏美的《文艺女青年这种病，生个孩子就好了》，这本本来叫作《文艺女青年孕产育指南》改了书名直指"文艺女青年"是一种"病"。按照这本书在"豆瓣读书"的介绍：什么是文艺女青年？气质恬静，多愁善感，恃才傲物，不愁衣食，远离烟火灶台，不食人间烟火……文艺可以作为一种爱好，但永远都不是生命的全部。生活是踏实的、接地气的，你所有的纤细、敏感、伤春悲秋在生孩子这件事的面前都会变的微不足道。在某些时候你不是女人，甚至不是人。从怀孕开始，你的语言使用就身不由己了，你要在众目睽睽之下回答医生提出的各种尴尬问题，你要协调丈夫、婆家和娘家的三角关系，你要经过各种常规产检的历练，还要忍受孩子给你带来的阵痛，这还不提因为怀孕没办法接的活、没办法升的职和没办法加的薪。你变得很难控制情绪，不能自理；你需要帮助，却羞于启齿。在面对越来越多的世俗压力时，文艺已经成为一个笑话。交织在金钱、人际、家庭生活的欲望之网里，文艺女青年又能做什么呢？

苏美的逻辑还是《大龄文艺女青年》的逻辑，她更是直接将"王小姐"们送进了病房。

仔细看，苏美应该是一个过去时的"文艺女青年"，在这本书的后记《不对之书》里，她说："所以我写了十万字，把这一年的体验写出来了，而且将焦点放在新妈妈的成长和蜕变上。最初之所以叫《文艺女青年孕产育指南》系列，那意思完全自我揶揄。因为在我的理解里，作为个体的'文艺女青年'，其基本特征就是百无一用。除了看书、写字，沉浸在自己的小世界伤春悲秋外，完全没有现实干预能力：既不适合婚姻，更不适合生育。而作为消费概念的'文艺女青年'，代表的是一种自我虚构的生活范式，其中包含着资本社会的利益指向——不论是消费的，还是被消费的。这里面既包含该如何穿衣、如何选择所谓有'格调'的饮品、如何选择景色自拍以及如何自拍，甚至都已经出现'文艺女青年必读书'这种提法了。当这一个词开始对人强买强卖某种'腔调'，并努力使之成为骄之于他人的时髦时，在我的理解里，它就是在剥夺人的自由，在设定樊笼、在滤镜般的柔美中逐渐掠夺一个活生生的人对现实的敏感和自我的观照，把个体驱赶到一个标签之下。"

显然，这里的"文艺女青年"已经被我们消费时代清洗过，而成为我们精致生活幻觉的一部分。需要指出的，在"文艺青年"变身为"文艺女青年"的过程中，"前文艺青年"是一支重要的力量，他们现身说法，痛改前非，警示来者，他们轻捷地抛弃自己"文艺青年"沉重前身，以使自己可以一身轻松地与我们这个讲究实际的时代无缝对接。某种程度上，文艺青年的退化史其实是"文艺青年"的"自黑史"。而且，嘲笑、调侃"文艺女青年"已经成为我们社会某一部分的时尚。这就不难理解"豆瓣"的"文艺青年装逼小组"有几十万的成员。

所以，"文艺女青年"既是消费时代的"制造"，也是文艺青年的"自造"。

《柔软》写出之后，曾经的"文艺女青年"廖一梅说："其实从我开始对大家说，我就知道必然会被误读，理解都是在误读基础上的。我的戏和小说，都是文艺青年最爱，他们认为能够表达他们的生活态度或困惑。但是对我来说……文艺青年并不是个坏词儿，说明他们敏感，对物质世界之外的精神世界还有要求，但是他们也会作茧自缚，他们经常陷入自己对世界的不满当中，难以跟世界达到完满的和谐相处，这些问题最后会成为他们的某种姿态，就等于把他们限制在更狭小的空间。我说要终结文艺青年时代，其实我就要打开这个空间。"如果我们的文学还要向前走，甚至还要"先锋"下去，不只满足成为我们时代精致把玩的小玩意儿，那是得打开已经"制造"和"自造""文艺青年"的窄门，但如果打开窄门之后还是为了"跟世界达到完满的和谐相处"，那么"文艺青年"，或者"文艺女青年"现在那一点被我们时代嘲笑的可怜操守也可能丧失殆尽。

因此，可以预言的是，如果我们的时代仍然是一个对"文艺青年"充满敌意的时代，最好的结果就是，我们可能期待极个别、稀罕的、异端的、决绝的文艺青年成为文艺先锋，绝不可能等来一个八九十年代那样的文艺先锋时代。

2015年岁初随园西山

国家计划文学和被设计的先锋小说

　　"先锋小说三十年"，把中国当代先锋小说的起点放在1985年，而不是更早。确实可以更早，比如早到1981年花城出版社出版的高行健的《现代小说技巧初探》，比如可以早到《上海文学》1982年第8期的"关于当代文学创作问题的通信"，该期集中发表了冯骥才的《中国文学需要"现代派"！——冯骥才给李陀的信》、李陀的《"现代小说"不等于"现代派"——李陀给刘心武的信》、刘心武的《需要冷静地思考——刘心武给冯骥才的信》的三封通信。这后来被称为"三只风筝"的三封信是由高行健的《现代小说技巧初探》引发的，可是视作中国当代先锋小说的先声。但即使如此，如果把先锋小说理解为不仅仅是个别理论家和小说家自觉小说技术的更新换代——这种更新换代往往被描述为阅读了某个域外作家之后天启般的脑洞大开，就像余华回忆自己的写作经历说："这时候，也就是1986年，我读到了卡夫卡，卡夫卡在叙述形式上的随心所欲把我吓了一跳，我心想：原来小说还可以这样写。"（余华：《我的写作经历》，《没有一条道路是重复的》，上海文艺出版社2006年，第112–113页。）而是文学生态发生了"异变"——不是自上而下的"依法"变革，而是"一小撮人"对整个"国家计划文学"体制的僭越。是的，我说的是"国家计划文学"体制。

在整个国家计划体制里，文学当然地可以想象成是被规划和计划的。在这种"国家计划文学"体制之下，作家的写作也许是自由的，但文学的期刊和其他出版物却垄断在文联、作协和出版社等"准"国家机构手中。这些"准"国家机构任命的文学编辑替国家管理着庞大的"文学计划"，生产"需要的文学"，就像1990年刘白羽接替刘心武担任主编《人民文学》发表的宣言：

> 我们应该倡导什么样的创作？我们的文学反映我国神采飞扬、雄奇瑰丽的现实生活和历史进程，给人以美感、以智慧、以圣洁、以崇高，这对于净化人的心灵，实在太重要了。人民需要、时代需要、作家自己也需要这种文学，因为只有创造出无愧于我们时代的人民的文学，才证明是无愧于这个时代的作家，事实上，只有这样，作家才能思如泉涌、心若钟鸣地创造出堪称主旋律的社会主义文学。当然，与此同时，我们还必须有各种流派、各种风格、各种爱好、各种情趣以至只要给人以各种美感的多种多样的文学，满足人民精神需要。但无论什么风格和形式的真正有价值的文学，都不可移易的需要解决一个问题，就是作家一定要到沸腾的人民生活中去。那不只是生活的矿藏，也是心灵的矿藏；因此人们不只从那儿获得创作的材料，也可以萌发创作的灵感。九十年代到来之际，我们期望发起一个到人民生活中去的进军。这样做，不只完成作家本身的创作，影响所及，还必将从人民中造就一支浩浩荡荡的新生队伍，走上文学战场。（《九十年代的召唤》，《人

民文学》1990 年第 7-8 期。）

　　在这里，"国家计划文学"被不容置疑地偷换成了"人民需要、时代需要、作家自己也需要"的文学，尤其是"人民"这个暧昧的群体；对"国家计划文学"资源的分配和使用则被想象成了"文学战场"。也就是在 1990 年，朱伟编辑的《中国先锋小说》出版，在该书的后记中他指出 1985 年对先锋小说的起点意义，他说："在新潮中又分前后，莫言马原残雪们是前新潮"，"史铁生马原莫言残雪都是代表一九八五至一九八七年的先锋小说创作水平的作家"。（朱伟：《中国先锋小说》"后记"，花城出版社 1990 年，第 342-343 页。）而 20 世纪 80 年代批评界的风云人物吴亮则说："先锋文学起来，我最早在一九八六年在《中国青年报》发表过一篇题为《谁是先锋作家》的短文"。（吴亮：《被湮没的批评与记忆》，2011 年，第 194 页。）而就在 1986 年，吴亮和程德培主编出版了《新小说在 1985 年》。我认为，吴亮和程德培这两个批评家可以进入中国当代文学史的贡献不应该只是优秀的批评家，而更应该是这部以及《探索小说集》两部小说选本。正是这两部选本使得星散在各家文学期刊的先锋作家得以聚合。而且聚合是以"新"和"探索"的名义，其刻意"编辑"和"设计"的意图相当明显。1988 年 4 月余华给《收获》编辑程永新的信谈到"极端主义的小说集"："我一直希望有这样一本小说集，一本极端主义的小说集。中国现在所有有质量的小说集似乎都照顾到各个方面，连题材也照顾。我觉得你编的这部将会不一样，你这部不会去考虑所谓客观全面地展示当代小说的创作,而应该显示出一种力量,异端的力量。就像你编去年《收获》5期一样。"(程永新:《一个人的文学史》,天津人民出版社2007年,第44-45页。)这封信里谈到的应该是程永新编辑的《中国新潮小说》。其实,放在1986年"国家计划文学"的背景下,《新小说在1985年》《探索小说集》可以说就是做到最大可能的"极端主义的小说集"。以《新小说在1985年》为例子,这个选本既有徐星、刘索拉、残雪、莫言、马原等这些我们未来目为"先锋"的作家,也有韩少功,甚至叶蔚林、张承志、刘心武等这些后来认为"不先锋"的作家。按照程德培所说,"新小说"的"新"除了时间概念,"还有一层意思就是取其中性。这样,一些可能还不十分成熟,可能还会有争议的小说,例如刘心武的作品,残雪的《公牛》,陈放的《圣贤塔的倒塌》等,也可入选。"(程德培:《新小说在1985年》"后记",上海社会科学院出版社1986年,第583页。)如果我们考虑到这个选本的编辑是在"清除精神污染"和"反对资产阶级自由化"之间的年份。在这样的文学生态之下,这个小说选本公然将局部的文学僭越变成一个文学"群体亮相"。其实,1986年除了这个富有意味的小说选本,在诗歌界还有《诗歌报》和《深圳青年报》的"现代主义诗群大观"。而就小说而言,吴亮和程德培明确指出:"一九八五年,既是前几年小说观念变化酝酿的结果和总结,又是进一步向未来发展的开端。"(吴亮、程德培:《当代小说:一次探索的新浪潮》,《探索小说集》(代后记),上海文艺出版社1986年,第656页。)在《新小说在1985年》这个带有"倾向性的选本"前言中吴亮则进一步强调"1985年"这个时间节点的意义："一九八五年的小说创作以它的非凡实迹中断了我的理论梦想，它向我预告了一种文学的现代运动正悄悄地到来，而所有关在屋子里的理论玄想都将经受它的冲击。"（吴亮：《新小说在1985年》"前言"，上海社会科学院出版社1986年，第1页。）所冲击的当然不只是"关在屋子里的理论玄想"，而是如何重新分配"国家计划文学"资源，或者说这种"人民不需要的文学"如何被生产出来。

在20世纪80年代，文学期刊应该是更大"国家计划文学"资源，而且在"国家计划文学"体制中，文学期刊先天存在着等级。20世纪80年代，甚至今天"国家计划文学"体制已经发生了巨大的变化，《人民文学》依然自居是国家大刊。有意味的是，对体制的僭越恰恰是从这个国家大刊开始的。正是如此，程永新才要讲"示范作用"，按照程永新所说："八十年代的时候，作家的创造，批评家的参与，还有一些优秀的大编辑的努力，他们共同促使文学迅速走向繁荣。比如那时《人民文学》的朱伟就是大编辑，他率先把莫言的《透明的红萝卜》推出来，在他那本全国有很大影响的刊物上，在那个时代，我能想象他当时面临的困难有多大。那时候他选择什么，推崇什么，其实对全国的文学创作和批评以及刊物起了一个示范作用，……"朱伟在《人民文学》的时代是王蒙和刘心武先后主政《人民文学》的时代。1983年8月，王蒙出任《人民文学》主编；1987年1月至1990年3月止，刘心武接替王蒙主编《人民文学》。王蒙和刘心武主编《人民文学》的七年，是《人民文学》创刊以来"更自由地扇动文学的翅膀"的时代，虽然刘心武因为1987年第 1、2 期合刊发表马建的小说《亮出你的舌头或空空荡荡》而被短暂停职检查，在 1987 年第 10 期复职后收敛了先锋的姿态，但在 1989 年第 3 期仍然集中发表了苏童、格非、余华等的小说和数篇关于先锋小说的笔谈。从 1990 年第 7、8 期合刊开始，《人民文学》的主编由刘白羽和程树榛担任，该期发表题为《九十年代的召唤》的"编辑的话"，对 20 世纪 80 年代王蒙刘心武主编《人民文学》的时代激烈的批判："本刊在四十年漫长历程中，曾经发表过很多优秀的作品，培养了大批卓越的作家，为社会主义文学事业的建设作出的贡献，这是永远无可磨灭的；但我们也必须正视：近一段时期以来，在资产阶级自由化错误导向下，脱离人民，脱离现实，发表了一些政治上有严重错误，艺术上又十分低劣的作品，在广大读者中造成很坏的影响，玷污了人民这一光荣、崇高的称号，这是十分令人痛心的！在这一个新的大时代到来之际，我们必须以改革精神，开辟新的途径。我们诚挚地恳求人民的支援、人民的监督；我们一定坚持社会主义文学方向，不使这一人民的文学阵地，为少数'精神贵族'所垄断……"(《九十年代的召唤》,《人民文学》1990 年第 7–8 期。) 王蒙和刘心武主编《人民文学》七年发表的"艺术上十分低劣的作品"是不是《人民文学》出版史上最多？这个问题是可以深入探讨的。我们现在思考的问题是《人民文学》在王蒙刘心武的时代有没有"为少数'精神贵族'所垄断"？还是他们只是有限地伤害到"国家计划文学"体制——打一个也许不恰当的比方，他们只是国家计划经济时代的"投机倒把"者。事实上，即使意识到先锋小说的"先锋"，先锋小说的登场还是充满着编辑者不敢公然冒犯和忤逆"国家计划文学"的精心设计，比如《人民文学》1989年第3期小说专号，从刊物作者的编排来看，格非的《风琴》、苏童的《仪式的完成》、余华的《鲜血梅花》虽然是集中连续排列在一起，但却是在王蒙、张洁、林斤澜、冯德英等之后，编辑者不想让"先锋性"过于招摇、过于引人注目，他们希望渐进和温和地维新和改良，一种"被设计和编辑"过的先锋小说能够被生产出来。这种"掺沙子"的编辑和设计的先锋文学是当时那些僭越"国家计划文学"体制的编辑者普遍采取的策略，比如《上海文学》，1987年第1期"编者的话"说："以上三篇风味各异的小说（蔡测海的短篇《往前往后》、马原的《神游》、彭瑞高的中篇《祸水》），大致体现了本刊在新的一年中愿就小说文体、小说意态、小说技巧诸方面继续做多向度探索的构想。"而"《神游》是马原的又一力作。作者讲了一个不甚明了的故事，能否说是马原在小说文体上的一种新的追求？"同样，1988年第3期"编者的话"："在本期的《上海文学》上，我们可以读到两种不同类型的小说。一类小说，以描写乡镇企业家的《无冕之王》为代表……另一类小说，以苏童《乘滑轮车远去》……为代表。"更有意味的是，《小说选刊》1989年第6期转载了格非的《风琴》，直到第8期才又转载了余华的《鲜血梅花》。让"先锋小说"稀释在"不先锋小说"的汪洋大海中。显然，这些僭越者并不想，也不敢做一个彻底的篡位者。甚至为了自我保护，他们甚至有意误读，掩盖先锋小说的"先锋性"，比如《人民日报》文艺部和《小说选刊》杂志社主办的1987-1988年优秀中、短篇小说奖发奖活动，主编李国文在其《更好地反映伟大的时代》就这样解读叶兆言的《追月楼》："在获奖作品中，除了上述深刻反映时代精神、现实生活和人民心声的作品，还有像叶兆言的中篇小说《追月楼》这样描写过去年代的作品。读者的审美需求是各式各样的，我们以为这篇以日寇侵华时期南京大屠杀为背景的，描写封建大家庭的败落的作品，能够深刻地写出历史变迁、世态人心、声音笑貌、风俗人情，有其可取之处。"（《小说选刊》1989年第11期。）寄希望于温和渐进的改良，希望通过精心设计和包装使得"国家计划文学"体制能够接纳和容忍先锋小说的存在，这是先锋小说登场的文学事实。对比上面这些刊物，有巴金做主编作为护身符的《收获》是最不讲究这种稳妥平和的，其面目是反常的、革命的和摧毁式的，它的1987年第5期和1988年第6期两个专号的阵容几乎全部由马原、余华、格非、苏童、孙甘露这些代表着当时最为激进的作家组成。"当时在《收获》新掌门人李小林的支持下，我像挑选潜力股一样，把一些青年作家汇集在一起亮相，一而再，再而三，那些年轻人后来终于成为影响中国的实力派作家，余华、苏童、马原、格非、王朔、北村、孙甘露、皮皮等，他们被称为中国先锋小说的代表人物。"（程永新：《一个人的文学史》，天津人民出版社2007年，第180页。）《收获》这种充满了强烈预先设计的先锋姿态，以至于让身在其中的作家也产生错觉，以为一个新的文学时代的降临。1987年10月7日苏童给程永新的信写道："《收获》已读过，除了洪峰、余华，孙甘露跟色波也都不错。这一期有一种'改朝换代'的感觉，这感觉不知对否？"（程永新：《一个人的文学史》，天津人民出版社2007

年，第 40 页。）同样，1988 年 4 月 2 日余华给程永新的信写道：
"去年《收获》第 5 期，我的一些朋友们认为是整个当代文学
史上最出色的一期。但还是很多人骂你的这个作品，尤其对我
的《四月三日事件》，说《收获》怎么会发这种稿子。""今年
你仍要编一期，这实在振奋人心。"（程永新：《一个人的文
学史》，天津人民出版社 2007 年，第 44 页。）多年以后，吴
亮仍然用"亢奋"来描述躬逢先锋小说黄金时代的心情："我只
是觉得一种亢奋"。这种"被设计"被赋予了反抗的意味，"我
只是觉得这种情况出现了，很多人的写作和官方倡导的主旋律
以及现实主义背道而驰——反映时代的精神，反映时代的本质，
但是什么是时代精神什么是时代本质，最终解释权都在官方手
里——所以当时这些小说的多样性，形式探索，现在看起来，
实际上就是单一的主流写作的异质化。"（吴亮：《被湮没的
批评与记忆》，2011 年，第 199-200 页。）。其实，无须事后
回忆和总结，当时就有批评家意识到先锋小说"被设计"对改
写中国文学版图的意味："按照法国人富科（Michel Foucault）
的理论，我们可以把'伪现代派'看作当代中国文学系统中的
一种'声明'（statement），它的意义不是一成不变的，它是一
种功能（function）。它的意义在于运动之中。即它赖以存在和
运动的句子、命题或其他种'声明'的关系之中，它在一定的
'权利意愿'（will to power）网络中得以界定。通过分析这些
功能我们得以了解当代文学系统中各种'权利意愿'的'位置'。
正是这些意愿的合力在左右着当代中国文学的发展。"（黄子平：
《关于"伪现代派"及其批评》，《北京文学》1988 年第 2 期。）

发表这篇论文的《北京文学》1988 年第 1 期开设了"青年作者"专栏，第一篇发表了余华的《现实一种》；而第 2 期除了发表了苏童的《桑园留念》，异乎寻常地头条发表了这篇《关于"伪现代派"及其批评》的文学批评。

值得思考的是，从组成人员驳杂的"新小说""探索小说"到收缩到可数几人的先锋小说，先锋逐渐"被设计"塑造成文学异端。这些"先锋"，比如其中代表人物余华的《四月三日事件》在当时就被意识到"痕迹太重，处处让人想起格里耶"（马原）。明明知道先锋的先天不足，先锋还是被强行编辑和设计，然后编组、偷运到庞大的"国家计划文学"体制，以一种"计划"去反抗或者篡改另一种"计划"，这是否从一开始已经注定了先锋小说在中国未来的命运？

致无尽的，致永在的，致难以归咎的

　　一个很长的题目，似乎还可以更长。对人和世界抱有善良的爱意，朱婧爱惜人，也爱惜着世界，这是她写作的起点。"致"是她和世界达成的默契，一个彼此交接的瞬间。

　　不要把写作的意义设想得过于宏大，尤其在今天，写作越来越成为日常生活的一部分。说穿了，写作者每一次写作的完成都是对于世界的一次"致"，一次"送给"——如何说出可以说出的和无法言说的？如何和世界相处并且恰如其分地安放自己？这是漫长的修行，如果写作者和世界之间不是无隔无间的，写作者与常人无异，终将被世界驯服，抑或是成为一个日常生活的诘问者、反抗者和暴动者？

　　可以建立一个基本的常识，小说是一个小说家现实世界的全部，它可以不需要假借外在的知人论世。我们能否做到读一篇小说，就是读一个小说家此时此刻的现实一种，而那些小说之外的，和小说家的肉身在场同在的所谓"现实"和所谓"日常"，它还日复一日地存在着，但相当于小说而言，只是小说家大口地吞噬和消化之后的剩余物。

　　在最近的几篇小说中——这里的《危险的妻子》《影》，还有此前在《青春》发表并被《小说选刊》转载的《那篇良夜》，是读者和小说家关系意义上朱婧的整个现实世界。我不否认有读朱婧小说的人会成为她小说之外那些剩余物的窥视者，而专注于文学自身，也止于文学自身，我们关心的是"在小说"中朱婧的造物和创世。

首先必须说到信仰，或者世界观，这在我们谈论当下文学好像是久违的词。但首先——首先文学之于它的造物和创世者来说不是表达他们对世界某些部分的信和不信吗？当然也有中间状态，有信与不信的暧昧、犹疑、晦暗不明……无论如何，我们会在小说里听得到小说家的声音，看得见他们或者清晰或者模糊的身影。读朱婧的小说，小说家朱婧从来不是一个折中主义者，不是一个修正主义者，而是生活和美学一致意义上的"非暴力不合作者"，她有的她的信仰，她经常说"有界"。也可以把"非暴力不合作"拆开来，"非暴力"是小说修辞学意义上的，朱婧小说有与生俱来一以贯之的节奏、腔调和气息等等，是一个隐微、收敛的审美和平主义者，而"不合作"则是她设身处地看待世界的观点和立场。可以说，朱婧的小说有一种执念的简单，恰恰也是她小说全部的难度。一旦悬置了理想主义的"有界"，肯定并确信世界的意义建立在这个"有界"之上，肯定什么、否定什么、坚持什么，并成为支撑日常生活的信念，朱婧小说的正与反的关系也同时建立起来，这种关系既是朱婧理解的世界之日常，也是她的小说美学之日常。

正与反，至少在朱婧这三篇小说其实是对我们所有人生焉在焉"家"的理解。简单地说，是关于家的建造和破坏。对于朱婧而言，以小说之名，夫妻、兄妹、母女、父子、朋友等等搭建起的是伦理、法律等世俗关系意义上的家，同时也是一种审美空间——这些关系各自的延长线，交错、编织着小说的人际空间，它不是静态的，平衡和失控之间的摆动成为小说的叙事张力和逻辑。

《危险的妻子》和《影》两篇小说的开头是富有意味的。《危险的妻子》写道："梨花在和我说她的惊涛骇浪时，我正在用手指一寸寸检测脸上的皮肤，手指的触感可以清晰分辨出的细密颗粒提示我百年不遇的过敏事件正在发生。"而《影》则是"妹妹的出生，并非情欲的产物。这却使她后来那种痴醉深重的疯狂蒙上无法言喻的迷雾。那猫、那孩子都死于意外，她却意料之中获得幸福。"现代小说普遍以"藏掖"为审美极致，而朱婧却追求"明白"，用她常用的词是"纯白"。两篇小说的开头径直揭示出事情的真相，奔向故事的结局，不惟反常于现代小说庞大的隐喻和象征系统，即便以传奇性见长的古典小说，在真相和结局处理上也是需要凭借悬念和曲折的叙事技术。两篇小说开头坦露的不只是整个小说的真相和结局，还有"对照记"式的结构告知。梨花丈夫的出轨和梨花的一切尽在掌握的斗智斗勇，所谓的"惊涛骇浪"其实是家的破坏力，而"对照记"的另外一极则是"我"对家的建造和守成。这里，朱婧的小说依然是小与大的幻术——"我"脸上皮肤过敏的家常细事成为"百年不遇的过敏事件"。我曾经在另外的评论中谈到朱婧小说的微小的计量单位，《危险的妻子》中"我"和梨花对大和小的各自意识到，既是小说家的计量单位，自然也是小说人物对各自生活心理当量的计量。

就像我们说《诗经·七月》是一首农事诗，《危险的妻子》

是一首"我"的家务诗——"我"，一个知识女性的全部日常就是"安家"，就是照顾孩子和丈夫，小说不厌其烦地写一个女性的做饭、带娃、叠衣服、照顾丈夫看电视给丈夫榨果汁、处理墙壁的霉斑等等，就像小说写到的场景："我的每天日常，变成和梅雨季家庭的各种新生琐细的斗争，时刻注意保持厨房、浴室的干燥，衣柜放入吸湿剂，食物柜的各种干物米面仔细封袋，烘干细仔每日的衣衫毛巾。连绵阴雨的午后，细仔醒来，抱她坐在飘窗上，雨滴在玻璃上滑动游走，引得她伸手去摸，窗外的新绿在梅雨灰中似被洗净。我会抱着细仔坐上很久，恍惚直到该做晚饭。"事实上，从鲁迅那个时代开始，这一切都被认为是女性进步的衰退，一种"堕落"，这是几乎所有现代"伤逝"故事发生的前提和动力。而朱婧《危险的妻子》异乎寻常地肯定着女性和男性之内与外的角色设定。家务而诗，不只是事，无论是现代女性性别自觉的革命史，还是新文学传统女性的出走故事，都是"反常"的。有意思的是，《那般良夜》直接写到母亲从家庭的出走，同样不是新文学谱系上的"娜拉出走"。那么，我们需要追问的是小说题目之"危险"所指为何？"危险"是不安全，是可能遭受的灾难，将"危险"置于妻子之前，是指梨花对丈夫的侦破，还是"我"对丈夫家庭之外的世界一无所知？是说梨花，还是"我"的现实处境——"我"的安宁、平静的家务诗之下是否藏匿着暗流涌动？小说的题目和小说本体之间是否构成一种提醒和棒喝吗？谁是"危险的妻子"，是"我"，还是梨花？无疑的，写作者朱婧以她沉浸近乎沉溺的叙述肯定着"家务诗"，这是她的信仰。同样无疑的，近现代以来现代之后的家是"无尽"的可能，写时代之变家庭之变人之变几乎是新文学的一贯的套路，这些变是可以归咎亦有所归咎的，而朱婧写家之变，却没有归咎于时代之惘惘的恐惧。梨花和丈夫肖少年时代开始恋爱，一个纯白的开始，小说没有确证时代的诱惑，也没有确证梨花怀孕造成肖的性匮乏，梨花遭受的好像是无妄之灾，家之变是无尽的，却是"难以归咎"的。但无论如何的无尽，如何的难以归咎，在朱婧的小说，女性安于家是一种"永在"的信仰。

　　读《影》，如果我们看"影"这个汉字的意思是指"物体挡住光线所形成的四周有光中间无光的形象"。父亲和母亲的家，妹夫和前妻的家，妹夫和妹妹的家，猫的死亡，妹夫和前妻女儿的死亡，妹妹少女时代的动荡和伤害，这种伤害前史对于妹妹未来生活的影响，这些在小说都是"中间无光的形象"，都是"影"。《危险的妻子》中，"我"和梨花的家庭生活无论是完美的，还是破裂的，都是光明坦荡的，但在《影》似乎并无光明坦荡可言，小说涉及的三个家庭都有自己无可告人的黑暗史，而这些无可告人的黑暗则成为家之永在信仰的一种如影随形的破坏力量，一种失控的力量。面对这种失控的力量，所有的人都成为裹挟其中无力的人，如笛安说："朱婧写的都是无用的人，失落的人，在人群里安静无声的人，以及被打败的人。他们试图维护一点尊严，或以沉默的方式，或以种种不得体的举动。"那么，犹可追问的是，伤害到朱婧对于家之作为生命个体安放的居所这一永在信仰的，不是那个被现代作家反复书写的迷惘的时代的恐惧，究竟是什么呢？至此，可以作为一个新的起点去思考朱婧小说的人性与生俱来的欲念和冲动，家所框定的或者被冲击的，人所面临的危险或者沉身的无光，那么，即便我们已经被告知真相和结局，即便确证一个小说家永在的信仰，小说所通向的依然是难以归咎和无尽之处。

2019 年 7 月 31 日

谈"80后"作家，说张怡微和桃之11

　　当下正炽的"80后"作家研究中，有一个现象并没有被充分揭示，就是"80后"作家成长和上海之间的关系。在新世纪中国文学，很少有一个城市像上海这样集结了这么多"80后"作家，他们有的是来自外省的"沪漂"的文艺青年，有的是城区或郊区读中学时从"作文"转身到"文学"的年轻资深作家，有的则是边写作边经营的作家兼商人。讨论上海和"80后"作家成长之间的关系，我们自然会想到"新概念作文"大赛的造星神话、《萌芽》《小说界》《收获》《上海文学》对新作家的提携，复旦大学写作专业研究生的培养，作家协会的"上海新锐作家文库"的连续出版，韩寒郭敬明巨大的粉丝聚合力等等，而且《独唱团》《鲤》《文艺风赏》《最小说》《Zer零》这些"80后"作家主编的刊物也都和上海有着或深或浅的渊源，但这些可能都是表面现象。往深处想，"80后"年轻作者的写作从它在世纪之交出现伊始，其实就是青年文化的一部分，而上海这个城市的精神气质天然对青年文化中的叛逆、夸饰、矫情等异端品质有着包容性。有一个流传甚广似乎从来不需要证明的看法是上海这个城市是最排外的。但事实上，近现代中国，上海这个城市市民的保守性、逐利者的商业性和城市精神气质中与生俱来的先锋性往往是并行不悖的。所以，这就不难理解自20世纪80年代，上海屡次成为先锋文学的策源地，也不难理解新世纪上海成为"80后"作家的聚集地。

如果还从粗糙的代际来描述，作为一个所谓的文学群落，"80后"作家肯定已经是当下中国文学版图的重要构成，其人数之众、写作量之大和前面任何一代作家相比毫不逊色。但应该看到的是，"80后"作家在当下中国文学中的显赫地位，一部分当然是由于"80后"作家早熟的写作才华所奠定；而另一部分则更多的是因为大众传媒和商业资本参与其间的塑造和自我塑造。一定意义上，"80后"作家的文学生产已经成为我们时代整体上并不景气的文学出版中的支柱产业。因此，自然而然一些"80后"作家成就的不是文学天才的神话而是迅速致富的商业神话。当然我并不否认任何一代作家中都不乏掘金客和投机者，只是"80后"作家在他们青涩的时代就躬逢商业和网络盛世，他们轻捷地就跨越了前几代作家漫长磨砺的学徒期。所以，讨论所谓的"80后"作家群落，一个重要的事实首先必须被追问：当我们谈论"80后"作家的时候，我们谈论的是谁？当我们谈论他们的时候，我们是在谈论文学吗？简单地说，"80后"作家个体书写的差异性远远要比我们想象的要大得多，要复杂得多，而且这种差异性往往从他们写作的学徒期，从他们写作的起点就开始了。因此，在我们对"80后"作家缺少针对个体的普查式的文本细读和作家研究之前，就以某几个曝光率比较高的所谓代表作家作为样本，以一总多地去描述这一代或者这一群作家，其局限性和片面性是明显的。

比如张怡微和桃之11，她们都出生于上海，她们都有新概念作文大赛一等奖的起点，她们都受过正规的大学学院教育和哲学训练，但即便如此，就以"上海新锐作家文库"第三辑收入的张怡微的《时光，请等一等》和桃之11的《做作》对读来看，我们确实不能那么自信地发现她们作为"一代"作家的多少共同性。进一步在更大范围的"80后"作家中看她们的写作，如果说张怡微在"青春"主题上和其他作家还有呼应，桃之11则整个就是"80后"作家中的异数，而且张怡微的"青春"主题也有着她自己内敛节制的气息。"Zer零系列"之《小说酱》附在张怡微小说《独立寒秋》的"编辑说技巧"说："如果你看过很多的小说，而且不是单纯的那种小女生小说，你就会发现本文已经做到了太极拳要求的那种'浑圆'的境界，几乎滴水不漏，技巧和语言都很成熟。想当年艾米张在新概念大赛里拔得头筹，然后一直是在《萌芽》上发文，此后又在《小说界》《上海文学》这样的地方发表了短篇。对于她的文字，小饭老师有句很好的点评——'张怡微这小姑娘，太聪明了。'（不是赞叹的感叹号那种语气，而是冷静的描述口吻）。'太聪明了'是贬是褒，大概只有小饭老师自己才知道。对于读者来说，看艾米张的小说，更重要的是观摩一下她讲故事的节奏和语气。"张怡微在很多地方说过王安忆对她的影响，我不知道王安忆究竟是哪一部分影响了张怡微，是不是同样写"我城"上海的往事和记忆，如果这么看张怡微和王安忆肯定是不一样的，王安忆的上海有着更久远的旧上海繁华旧梦，有着共和国的革命记忆，当然还有"知青"闯入者的异者视镜。至少到目前为止，张怡微的"我城"上海还没有这么沉重和深刻的东西，还没有成为小说的结构性因素，甚至在张怡微的小说中上海作为一个地域标志的景观都是暧昧的。因此，这个话题如果笼统地来讨论意义不大，当然张怡微说到过王安忆的《忧伤的年代》。是的，《忧伤的年代》和张怡微目前绝大多数小说一样都写到了忧伤的青春期，但此一时彼一时，剔除王安忆《忧伤的年代》中的革命场景，忧伤的年代就不是王安忆的忧伤的年代了。所以，如果王安忆如果对张怡微有影响，这种影响就我来看也是"节奏"和"语气"的控制上的，但过于沉湎于"节奏"和"语气"，其实会妨碍向更深刻的世界拓进。而如果阅读者观摩的也是"节奏"和"语气"，同样也妨碍了对张怡微小说更深刻的把握。

其实张怡微完全可以像《时光，请等一等》"后记"里那样更多地说自己："在这个世界上，最广泛的自由，也就是与无家可归之感无异。而身为八十年代后的我们，除了比上一代增添了无数'自由'，同时也承担了更多因自抉而随之产生的风险。可以世界各地走遍，也可以囿于自己的都市；可以因为梦想或伤痛的记忆背井离乡，也可以兜兜转转绕回到原点。但仿佛是，花了更大的气力，却不曾得到更明晰的解脱。尤其是关于人心、关于爱情，绝不会因为脑中积淀的风景，而随意调节或轻或重的念想。也许，每一个路过的爱人都曾点亮你心中的某个角落，他走了，那里就变得很黯淡。下一个爱人同样会温暖你他最擅长的一隅，他走了，另一处也变得黯淡。不同的人，看世界会有不同的侧重与角度。爱上一个人，就是陪伴一种世界观或长或短地走上一阵。永远丧失一个人的时候，却不会永远丧失那个看世界的视角，因为视野一旦被打开，也就即刻被习得。你也总会找到最适合自己与世界相处的位置，找到回溯过去与凝望未来的姿势。虽然偶然难免会想起，这件事情，他曾这么看、他一定会这么说。"一代人有一代人的"忧伤的年代"，一个人有一个人的"忧伤的年代"。张怡微的精神气质似乎让她更倾心书写的是家庭破碎和生活凋敝的潦倒者，像魏柔（《时光，请等一等》）、夏冰冰（《最慢的是追忆》）、罗清清（《岁除》）、罗肃（《婚事》）、妮妮（《妮妮》）、陈谏（《独立寒秋》）……还不只是无家可归的忧伤，张怡微骨子里有属于她的虚无感。"我甚至几乎忘却了，曾经是怀着怎样的心情消磨时间，艰难地打发他们。只可惜契阔知交，当日竟不知罕有。"所以，写作于她可能是一种纸上的自救和拯救。"我力所能及的，便是将这些美好的记忆和想象，融入写作。我所期待的是，那些富有生命力的期望、悲欣，亦能通过文字的力量，传递给更多与我一般生活在城市、体验着城市的年轻人们。"张怡微对世界有着难得的肯定和信心。"没有故乡，我们也能相互取暖。"（张怡微：《时光，请等一等·后记：回忆那令人潸然的栖居》）因此，张怡微小说不只是能够让我们观摩到"节奏"和"语气"这些修辞和技术的东西，她这样的年纪就怀旧了，张怡微是可以写出，也正在书写"没有故乡"的惶惑、焦虑和惊惧的城市边缘人。这些小人物从年龄上可以归在一代，但从他们各自领受的一份生活和命运似乎又貌似不是一代，他们有的沉重、有的肤浅、有的装腔作势，但几乎无一例外他们的前景都黯淡局促。即便如此，不能因为张怡微目前的写作基本框定在她自己"同龄人"的大学和后大学时代，就想当然地以为张怡微有着为一代人书写历史的野心。事实上，在一个代不成代的时代，张怡微他们怎么可能将一个个散成碎片的个体拼凑成一个有着宏大逻辑的"代"呢？

张怡微确实有从容的文学处理生活的能力，她将内外世界细致化细节化细微化不可谓不熟稔，但张怡微的写作总的来说还是过于中规中矩。如同一个技艺娴熟的走钢丝者，钢丝上行走亦已如履平地。读张怡微的小说，我担心那些过于轻车熟路的温吞的人物、故事、情节、语言、节奏和气息……早晚会成为张怡微才华的自我抑制，就像《最慢的是追忆》最后写的："至于从夏冰冰下体取出钢丝绒，周叔偷偷说给母亲听，也许是太想要的关系。夏冰冰后来听说过的，他们还说了好几次，但是她知道周叔这个人，也并不是坏极。"如此的少年老成波澜不惊，对张怡微究竟是好事还是坏事？当然，这里面还有一个问题，张怡微写作上的"正确"和她在学院进行正规的写作训练有没有关系？因为我没有对张怡微的全部文字进行编年式的跟读，这个问题还没有想得深透。所以，我想说的是张怡微的写作能不能再出格再藐视"正确"的小说惯例些？

和张怡微比较，桃之11绝对是一个"出格"的写作者，当然这种出格一定程度上相对于我们的小说常识，而如果我们有阅读桃之11所推崇的罗兰·巴特的"解构主义文本"的经验，也许觉得桃之11尚在格中。桃之11从没有掩饰她的《1举＋2得》《H女神》《被蛊惑的山》《袄开》是对罗兰·巴特的仿写。事实上，辞典式写作也好，"恋人絮语"式写作也好，其所针对的是小说结构上当然的事件和心理逻辑。在桃之11之前，汉语写作中的前辈作家孙甘露、韩少功、林白等人都做过这方面的实验，但桃之11走得更远，她俨然要以她的写作对汉语小说传统来一次全面的清场和清洗。有意思的是，在极端的实验之后，桃之11又回到《袄开》这种相对现实的写作。我不知道桃之11编撰《做作》这本小说集是不是刻意地把别人的评论、访谈和自己谈创作的文字收录进来，成为小说的一个有机部分？从现在的成书情况看，这也恰恰丰富了桃之11的四个实验性的小说文本。我注意到几个谈论桃之11的作者，无一例外都自觉是桃之11写作的知己，但无一例外地都没有能够细读深入到桃之11文本的内部。事实上，几个文本（我谨慎地没有用小说）除了《1举＋2得》的混搭和拼贴属于离心式的写作之外，《H女神》的人与物，《被蛊惑的山》"无所在"的"费拉拉镇"、《袄开》中多角情欲缠绕，使得阅读相对都有所依附和盘旋。传统小说叙述有事件和心理逻辑引领阅读，而桃之11则需要读者主动地去重建和重构文本的"序列"，就像罗兰·巴特在谈《恋人絮语》这本书如何构成时所说："在整个恋爱过程中，出现在恋人脑子里的种种情境是没有任何次序可求的，因为它们的每次出现都取决于一个（内在或外在的）偶然因素。碰到任何一个与之相关的偶然事件（一下子'落到'他头上），恋人总是出于自己需要、快感，而身不由己地去挖掘自己的情境储存（或宝藏？）每一个闪现的情境都仿佛一个脱离了和谐曲调的单音——或是像缭绕耳边的某一个单调的旋律——令人厌烦地重复个不停。不存在任何逻辑来连接这种种情境或决定它们之间的关系；情境处于意群之外，叙述之外；它们就像复仇女神，骚动，撞击，平息，再卷土重来，偃旗息鼓，并不比蚊子的骚扰更有规律。"
"用语言学的术语来说，情境的分布呈发散型，而非聚合型，
它们始终保持在同一水平上：恋人道出无数情话，但并不将它
们纳入更高的层次，写成一部著作；这是一种呈水平状的陈述，
不带任何超验性，任何拯救人类的宏愿或任何传奇色彩（但却
有很多幻想）。"（罗兰·巴特：《恋人絮语——一个解构主
义的文本》，汪耀进、武佩荣译，上海人民出版社2004年，第5—6
页。）因此，严格意义上，桃之11的文本（或小说）是完全开
放的，你可以选择任何一个片段进入，你可以完全沉溺在局部，
也可以连缀全部。桃之11的文体实验成功与否，是一个可以深
入探讨的话题，但她毕竟提供了一个"80后"作家足够"炫技"
的文本。

　　事实上，我们对"80后"作家的文本研究得不充分。"80后"
作家屈指可数的几个公众人物和更为广阔的"80后"作家之间
也是有着很大距离的。在可数的几个公众人物高倍的聚光之下，
其他的"80后"作家有可能成为"灯下黑"的被掩盖的一群人。
如果我们仔细分析"80后"作家中几个公众人物，比如韩寒、
比如春树、比如郭敬明、比如张悦然、比如蒋方舟等等，分析
他们的成长史成名史，就会发现他们的出道和成名彰显，往往
都是从文学之外借力。而且一旦他们羽翼渐丰，他们手中将会
握有更丰沛的资源，比如韩寒在网络上"可支配"的粉丝，比
如郭敬明《最小说》的庞大读者影响力，这使得他们成为一代
人中的"大声说话"者。这些人"大声说话"的结果是，只要
他们说了或者写了，不管他们说了或者写了什么，都不会缺少

拥趸者。所以，"80后"写作也可以说是我们今天时代"粉丝文化"的一个重要组成部分。我们这里谈论的桃之11和张怡微，虽然没有韩寒和郭敬明那么庞大的"粉丝团"，但从我的观察看，桃之11和张怡微在网络上都有自己的稳定的粉丝群体，哪怕这种群体只是像张怡微在"豆瓣"上低调的小组——一群气味相投的"知己"而已，但豆瓣小组上的粉丝往往是真正的"懂家"，而不是像博客、微博上的粉丝，麇集了太多无所事事的"围观者"，所以不能小看这些"识得"的"懂家"对作家气质的塑造和固定。张怡微和桃之11可以走多远？"80后"作家可以走多远？现在妄下结论为时尚早，我们所能做的是耐心读他们的文字，可以肯定地说，他们的文字中肯定藏着未来中国文学的秘密。

为一种新的现实主义"立法"

1997年，《白鹿原》获得第四届茅盾文学奖以后，陈忠实在很多场合、很多文章里都说到过，1985年11月写完《蓝袍先生》，写作长篇小说的欲念被突然激发出来了。此前的春夏之交，陕西省作协在延安召开了"陕西长篇小说创作促进会"，专题研讨一部分陕西青年作家冲击茅盾文学奖的问题。陈忠实参加了这个会议，但如他事后回忆："我记得我发言没有超过两分钟，很坦率也很真诚，说我现在还没有写作长篇小说的考虑。"（陈忠实：《〈白鹿原〉创作散谈》，《扬子江评论》2007年第3期。）而《蓝袍先生》的写作好像突然打开了陈忠实生活记忆中从未触及过的一块。对比《蓝袍先生》和陈忠实以前的创作，从1979年获全国优秀短篇小说的《信任》以降，陈忠实小说关注的是自己"同时代"，而《蓝袍先生》则写1949年前的乡村生活，写1949年乡村传统文化对蓝袍先生的规约，而且小说的结构"以人的心理和精神经历来建构的"。而《蓝袍先生》的内容和形式是《白鹿原》某些部分的具体而微。

可以肯定的是，《白鹿原》是现实主义的创作。批评界自《白鹿原》诞生就是这样认定的，无须赘言。陈忠实自己也是这样体认的："在我来说，不可能一夜之间从现实主义一步跳到现代主义的宇航器上。但我对自己原先所遵循的现实主义原则，起码可以说已经不再完全忠诚。我觉得现实主义原有的模式或范本不应该框死后来的作家，现实主义必须发展，以一种新的叙事形式展示作家所能意识到的历史内容和现实内容，或者说独特的生命体验。"（陈忠实：《关于〈白鹿原〉的答问》，《小说评论》1993 年第 3 期。）从陈忠实一个人的文学史看，无疑，《蓝袍先生》是"变法"之作，而经由《白鹿原》，一种基于反思现实主义文学传统，亦反思我们国家民族的传统和现实的，新的，对未来中国文学有影响的现实主义法度被陈忠实确立。《白鹿原》的文学史意义应该从这一种角度认识。

应该意识到的是，新时期中国文学发生和展开一定程度可以理解为：如何重新看待现实主义？如何再生新的现实主义？陈忠实对现实主义的领悟以及他写作中现实主义的变法和立法恰恰呼应着新时期现实主义的理论反思。可以稍微看看中国当代文艺理论史，也就是在陈忠实现实主义自觉的这差不多十年中间，文艺理论界正激荡对现实主义反思的潮流。其中，涉及现实主义传统的批判现实主义、革命现实主义、社会主义现实主义和社会主义批判现实主义等等，涉及典型的个性、共性和阶级性以及"复杂性格"组合等等，涉及文艺的真实性的"写真实"与真实性的政治性和倾向性等，以及异化和人道主义……所有和现实主义相关的问题都被重新拿出来检讨和反思。因此，在我们考察新时期文学从伤痕文学、反思文学，到寻根文学、现代派文学、新写实文学的现实主义挖掘和深化，是不能离开这个"理论自觉"的时代风尚的。而一定意义上这也是 20 世纪90 年代之后，特别是 21 世纪以来的中国当代文学，没有继承和持续下去的文学传统。21 世纪以来，文学也关注理论问题，比如底层写作，但类似的理论问题，却缺少"文学"的含量，甚至在"非文学"领域展开。时至今日，理论和批评不能给文学创作提供资源和支援，文学创作也无法激活理论和批评的反思激情。进而，"不争论"，一团和气，甚至理论批评和创作的彼此隔膜，将会彻底抑制中国文学探索的热情。

　　陈忠实酝酿现实主义的变法和立法之际正是现实主义的理论思考转入深化的阶段。可以简单地举几个例子。1984 年 11 月，刘再复在《读书》发表《关于"人物性格二重组合原理"答问》。《文艺报》等报刊开始了影响深远的"关于'复杂性格'问题的讨论"，除了理论家和批评家，李国文、古华等作家也卷入了讨论。刘再复认为，要塑造出具有较高审美价值层次的典型人物，就必须深刻揭示性格内在的矛盾性。"所谓人物性格的二重组合，从性格结构上说，指的是具有较高审美价值的作为艺术典型的人物性格的二极性特征。"（刘再复：《关于"人物性格二重组合原理"答问》，《读书》1984 年第 11 期。）。1985 年 4 月，吴岳添翻译了罗杰·加洛蒂的《论无边的现实主义》。罗杰·加洛蒂描述了一条和我们习见的从十九世纪的批判现实主义到二十世纪三四十年代以来苏联和中国社会主义现实主义更进一步的现实主义路线图。按照他的理解，"从斯丹达尔和巴尔扎克、库尔贝和列宾、托尔斯泰和马丁·杜·加尔、高尔基和马雅可夫斯基的作品里，可以得出一种伟大的现实主义的标准，但是如果卡夫卡、圣琼·佩斯或者毕加索的作品不符合这些标准，我们怎么办？应该把他们排斥于现实主义亦即艺术之外吗？

还是相反，应该开放和扩大现实主义的定义，根据这些当代特有的作品，赋予现实主义以新的尺度，从而使我们能够把这一切新的贡献同过去的遗产融为一体？"我们毫不犹豫地走了第二条道路。"〔（法）罗杰·加洛蒂：《论无边的现实主义·代后记》，吴岳添译，上海：上海文艺出版社 1986 年，第 167 页（两句均为 167 页引用）。〕可以看出，罗杰·加洛蒂的观点对中国文艺理论界启发良多，仅仅"无边的现实主义"的题目就让人心生遐想。翻阅柳鸣九主编的、1987 年开始组稿、1992年出版的《二十世纪现实主义》基本上就是按照"无边"去想象中国和世界当代的现实主义。有意思的，这本书的组稿到出版的时间恰恰是陈忠实从田野调查到完成《白鹿原》创作的时间。事后看，新时期"无边的现实主义"在中国的完成正是理论批评界和创作界彼此策应、共同完成的。还可以提及的，这期间，作为"文学批评术语小丛书"里的一本，达米安·格兰特的《现实主义》也在 1989 年初出版，这本书的附录专门讨论了"社会主义现实主义"的问题，一个有意味的观点，"如果说自然主义是现实主义的僵化，那么，回顾之下，社会主义现实主义就是十九世纪小说家（尤其是托尔斯泰）的所谓'批判现实主义'的僵化。"（达米·格兰特：《附一：关于社会主义现实主义的注释》，《现实主义》，周发祥译，北京：昆仑出版社 1989 年，第 95 页。）而社会主义现实主义如何在新的历史时期摆脱"僵化"的命运也是 20 世纪 80 年代当代中国文学界思考的核心问题。

　　没有证据证明陈忠实直接参与到 20 世纪 80 年代"现实主义"的论争，但陈忠实对当时文学界正在发生的一切有着"自觉"

的敏感，如他自己所说："在《白鹿原》动笔之前的几年里，我
一直关注着中国当代文坛上关于写作方法的种种争论，也注意
阅读当代作家新面貌的作品，我从那些争论和标新之作中得到
过有益的启示，这对《白鹿原》的构思有着决定性影响。"（陈
忠实：《〈白鹿原〉创作漫谈》，《当代作家评论》1993 年第 4 期。）
因此，可以肯定的是正是因为充分分享着 20 世纪 80 年代"争论"
的成果，陈忠实"学到了长处"。但"理论的自觉"不一定要
通过"理论"来完成。"十七年"到"文化大革命"社会主义现
实主义的僵化，然后在新时期现实主义艰难的挣扎、复苏和拓展，
最终走向开放的现实主义，陈忠实是一个完整的、"过程性"的
现实主义文学创作实践在 20 世纪 80 年代中国的典型样本。陈
忠实曾经以阐释'阶级斗争'而写下小说的处女作，（陈忠实：《兴
趣与体验——〈白鹿原〉获奖感言》，《当代》1995 年第 1 期。）
在小说创作的初期"有柳青味儿"。这种"柳青味儿"可以是
语言层面的，也可能是文学观念层面的。陈忠实"决心进行彻
底摆脱的实验就是《白鹿原》"。正是从《白鹿原》，陈忠实"决
心进行彻底摆脱作为老师的柳青的阴影，彻底到连语言形式也
必须摆脱，努力建立自己的语言结构方式。"虽然，《白鹿原》
仍然属于现实主义范畴。但和柳青受特定时代政治影响的有限
度的现实主义不同的是，对《白鹿原》，陈忠实认为："现实
主义者也应该放开艺术视野，博采各种流派之长，创造出色彩
斑斓的现实主义；现实主义者应该放宽胸襟，容纳各种风貌的
现实主义。"（陈忠实：《关于〈白鹿原〉的答问》，《小说评
论》1993 年第 3 期。）如果观察中国出生于 20 世纪四五十年代

的这一批"文革"后走上文学创作道路的作家，像贾平凹、张炜、莫言、王安忆、范小青、黄蓓佳、阎连科、韩少功、刘醒龙等等，都有类似陈忠实的，从回到"文革"之前的"十七年文学"，然后逐渐摆脱"阴影"，寻找到属于自己的现实主义道路的过程。因而，可以进一步地认为这是一条中国当代的现实主义曲折发展，然后找到"中国经验"的道路。

那么，我们可以进一步追问的是，什么是陈忠实确立的现实主义法度，进而成为未来中国文学"一个"新起点的现实主义？按照我的理解，作为一个可以成为经典的文学文本，它除了自身可以经得起反复阐释的经典性，而且要具有可持续再生的原型或母题意义。《白鹿原》意识到，中国人的心理结构就是我们传统文化的心理结构——儒家，具体到西安及其周边，则把儒家文化发展成一个关中学派，并衍生出诸如《乡约》条文教化民众，对人的行为，长辈，晚辈、夫妻的行为规范非常具体。正是这些东西，结构着人的心理和心态。而小说中的"白鹿原"是陈忠实的桑梓之地。他所写的20世纪前50年，原上原下能够接受教育的人可能只有百分之一，大部分都是文盲。文盲的文化心理结构跟乡村的中等知识分子是一致的。他们虽然没有接受正规的机会，但却接受一代一代传下来的那些约定俗成的礼仪和审美标准，支撑起一个人的心理结构。正是基于这样的认识，《白鹿原》既可以"摆脱"特定时代政治对文学的规约，也使得小说的现实主义"写真实"不只是写20世纪前50年以西安为中心的关中土地上的政治、经济、社会、自然、瘟疫事件，如西安的辛亥革命，民国十八年的大饥荒，刘镇华围西安等等。这些事件之所以写，包括小说涉及的白鹿原上国共两党错综复杂的关系，只是因为这些事件作为小说中人物的"当代"影响并改写着传统文化以及传统文化规约下的"人"。白嘉轩、鹿子霖、鹿三、朱先生、冷先生等和他们的下一代，以及没有被他们这个家族网络所牵扯进的白鹿原上的芸芸众生，像田福贤、田小娥等等，他们共享着一个"文化"。在他们所处的当代，他们或被文化规训、收编成为文化的传人，像白嘉轩、朱先生、冷先生和年轻一代的白孝武，或反抗文化对他们的压抑成为文化的叛徒，像黑娃、田小娥、白灵、鹿兆鹏、鹿兆海和白孝文等，或者征用文化为自己所用成为文化的投机者，像鹿子霖。文化跨越具体的政治信仰、阶级阶层，笼盖无余。《白鹿原》触摸到的"一个民族的秘史"，正是这种文化制约下的"心灵史"。而且，我们处身的今天是一个未完成的文化转型时代，变动不居的文化带来了人和人性的变动不居，写"文化"的人将为现实主义的典型人物带来契机。值得一提的是，和此前的寻根文学、先锋文学符号化的、抽象化、概念化的"文化的人"不同，《白鹿原》是从阅读史志和走访见证人出发的生命体验的结果。这种田野调查不是预设了观念的"主题先行"，而是寻找生命之间的对话和共鸣，像朱先生和田小娥就是如此被想象出来的。不只是陈忠实，几乎所有当代成功的长篇小说都经历过类似的田野调查。

　　不仅如此，如果我们进一步深入研究，陈忠实作为现实主义文学写作主体自觉的不只是文学观或者具体创作实践上的技术更新，《白鹿原》流荡着沛然涌出的批判和反思意识是成就这部现实主义文学经典的重要缘由。我们不能用简单的政治意识形态、知识分子启蒙或者民间来命名陈忠实的现实主义立场。写作《白鹿原》的陈忠实是一个有独立判断能力的精神个体。也正是因为存在这个独立的精神个体，陈忠实可以从容开放地接纳马尔克斯、卡彭铁尔，也可以坦荡地面对同时代的《活动变人形》和《古船》。"取今复古，别立新宗"，也正是从这种意义上，我们观察《白鹿原》之后的中国文学，观察在《白鹿原》同一个主题上展开的《尘埃落定》《空山》《伪满洲国》《长恨歌》《古炉》《老生》《圣天门口》《受活》《笨花》《丰乳肥臀》《生死疲劳》《兄弟》《1948》《江南三部曲》《河岸》《平原》《花腔》《赤脚医生万泉和》等等。我们发现在世纪之交，中国文学忽然出现一个长篇小说蜂起的时代。我认为，这个时代不是偶然的，支撑这些现实主义优秀作品的文学时代是像陈忠实这样感时忧世，有责任和担当的独立的人。而这个现实主义传统，最靠近的起点应该是20世纪80年代的中后期，《白鹿原》之前，贾平凹的《浮躁》、路遥的《平凡的世界》、王蒙的《活动变人形》、张炜的《古船》、张承志的《心灵史》和杨绛的《洗澡》等共同推进的，而至《白鹿原》则成为一个集大成的"综合体"。现在，我们意识到，《白鹿原》的意义，不只是为一种新的现实主义"立法"，而是它恰恰被历史选择处在一个时间的节点上，它的前后构成一个中国当代新的现实主义流变的链条。文学以其独特的方式参与到历史的建构早已经是一个常识，那么，当我们阅读《白鹿原》这一个已经逐渐成为文学传统的现实主义谱系上的"文学"——作家对我们的历史和现实的反思成果，他们的突围和拘囿，如何成为我们今天精神建构的一部分，值得我们反思。

谁能感应到山川大地的教诲?

小说题目"候鸟的勇敢"很容易让人想到近些年流行的生态小说。但按照我对迟子建创作的了解,没读小说,几乎就可以肯定迟子建不会写一本流行的生态小说。迟子建小说的边地,山川草木鸟兽虫鱼曾经和人间无隔,也就这几十年这个边地正在被"现代"侵犯。这种侵犯在《候鸟的勇敢》是贪婪物欲激发的暴力和杀戮。候鸟这些古老的物性被动地成为"当代的候鸟"。他们的勇敢既是要感应到生命的密码,漫漫长旅不至于迷失,同时也要应对他们面临的"当代问题":如何逃脱人类的杀戮? 现代文明进程使得人类自我膨胀地以为有能力将宇宙万有全部收编为人的问题和当代的问题,而文学和作家的意义在这一方面应该恰当地站在人类肆意妄为征服世界的反面,选择做一个警醒者和批判者,即便无能为力,也去做一个挽歌和悲歌的书写者。所以,迟子建会写《额尔古纳河右岸》那样的挽歌,凭吊行将消逝的古老文明和生活方式。同样,《候鸟的勇敢》写"没有逃出命运的暴风雪"的两只东方白鹳也是一曲苍凉的悲歌。

其实,除了挽歌或者悲歌,文学还可以书写人作为卑微者向山川大地学习,书写自然界作为人界的启示录,我们姑且将人从自然分离出来。《候鸟的勇敢》就是一部自然启示录,一

边是人对自然的屠戮，一边是人对大地万物的感应和觉悟。在
中国一众作家中，迟子建是可以单独地被称为"自然的女儿"。
只要涉笔北方边地，迟子建几乎所有的小说都要把人事安放在
四季风景轮转的山川大地，《候鸟的勇敢》也不例外。小说从
春天起笔，先写的不是候鸟，是春风的勇敢。"早来的春风最想
征服的，不是北方大地还未绿的树，而是冰河。那一条条被冰
雪封了一冬的河流的嘴，是它最想亲吻的。但要让它们吐出爱
的心语，谈何容易。然而春风是勇敢的、专情的，它用温热的唇，
深情而热烈地吻下去，就这样一天两天，三天四天，心无旁骛，
昼夜不息。""然而春风是勇敢的、专情的"，如果小说家的每
一部小说都会有一个或几个主题，那勇敢和专情会是迟子建写
《候鸟的勇敢》首先想到的吗？读完《候鸟的勇敢》，我相信
是的。候鸟为什么是勇敢的？小说的勇敢和专情被迟子建并举，
而这是自然界要教给我们的。不只是专情，爱意最靠近的是死
亡。小说写张黑脸和德秀师父第一次交欢后，德秀师父为了消
磨时间，边走边下到沟塘去看花草。"德秀师父以往只注意到蝴
蝶的美丽和自由，没想到它还这么风骚！它这搂搂，那亲亲，
不犯戒吗？最后她想明白了，蝴蝶犯戒和不犯戒，终不能获得
长生。到了深秋，它们的花裙子就七零八落了，不能再飞，在
林地像毛毛虫一样蠕动，瑟瑟发抖，等待死亡。如此说来，它
们风华正茂时尽情欢娱，等于积攒死亡的勇气，有啥不可饶恕
的呢？……"从花草虫蝶懂得爱意，汲取死亡的勇气。张黑脸
和德秀师父成为会爱的人，他们的第二次交欢成为对自然回馈
和报答，甚至成为自然草木，"这只手就松懈下来，乖顺下来，

成了他荒寒手掌的一把温暖的柴草。"在这里，自然不只是人休戚与共的生命共同体，自然作为人类最原始的老师教给我们坦然爱和死亡的勇敢，也见出我们的虚弱，候鸟迁徙凭借的是翅膀，而依赖飞机、火车和汽车的候鸟人却是瓦城最经不住疾病袭击的两个人。

自然启示录是一个永恒的文学母题，因为一代有一代，一人有一人的蒙昧和困惑，往往习惯于求诸自然，有所裨益，或者惩戒，而且当人最无力改变命运的时刻，自然成为幻想中的那个反抗者，就像小说写到的候鸟的神话。向山川大地学习，迟子建不是第一个，当然也不是最后一个自然启示录的书写者。迟子建有自己的时代，也有自己的迷惘和困惑，"自然的女儿"和自然有着更多的声息相通之处，俨然一个自然的通灵者。写《候鸟的勇敢》这样的小说，对迟子建而言，三四十年的写作史，时间使然，本性使然，只会越来越朴素。不只是《候鸟的勇敢》，前两年的《群山之巅》就已经如此了。这世界该看的看了，能经历的差不多也该经历。行到水穷处，普通人说认命，作家则是意识到局限。当此时，一个好的作家应该早就不需要玩弄巧智唬人，他们只要把自己看的和经历的，感受的和想清楚的，如实如常地娓娓道来。自然也有感受不到，想不清楚的，那就让它们"不到"或者"不清楚"，就像《候鸟的勇敢》为情所困的张黑脸和德秀师父，"他们很想找点光亮，做方向的参照物，可是天阴着，望不见北斗星；更没有哪一处人间灯火，可做他们的路标。"他们只是普通人，他们陷入了迷途和困境，是不会有诗人的"天问"。也许迟子建可以有天问，但迟子建还是顺势而为作普通人的念想。这之前的《群山之巅》也是这样，小说最后的一句话是"一世界的鹅毛大雪，谁又能听见谁的呼唤！"而一个小说家，除了把这种迷途和困境，这种无路可走诚实地写出来，还有更好的办法吗？

对文学批评的从业者而言，我几乎不知不觉地忽然觉悟到"重新做一个普通读者"的阅读乐趣。所以，我读小说会像普通读者那样去关心小说怎样结束？人的命运怎么样？当然我也会想小说中出现的那么多人物，小说家为什么让此人不是彼人"活"到小说最后？像《群山之巅》是单夏和安雪儿，《候鸟的勇敢》是张黑脸和德秀师父。一般说，能够走到小说最后的那些人都被迟子建灌注了更多的眷恋和不舍得。如果在更早的年轻时代，迟子建，至少小说中的迟子建是相信有办法的，她可以调动文学的幻术，许给悲凉世界一抹温暖的亮光。阅读迟子建的早期小说，你能够时刻感到汉语之优雅对日常生活之美的发现和打开。这是迟子建的长处，但往往是读者耽于这些精致、唯美的段落，而忽视迟子建小说更有曲折、深幽所在。于是长处却又成了一种碍事之短。因而，我们必须指出，迟子建对世界执守善良愿景，愿意给世界以完美，给人以希望，骨子里深藏的却是对世界和人残缺的洞察。换句话说，迟子建的小说世界差不多都是从世界是不完善、不完美开始想象和书写的。在一个周遭充塞着丑恶和苦难的世界，如果不调动文学的幻术，文学如何直面并叙述丑恶和苦难？在一个大动荡的时代，迟子建怎么能生生地从残缺、苦难处出发而归于弥合和温情呢？《一匹马两个人》《雪坝下的新娘》《微风入林》《一坛猪油》《世界上所有的夜晚》《第三地晚餐》《额尔古纳河右岸》《鬼魅丹青》《白雪乌鸦》《晚安玫瑰》《群山之巅》《候鸟的勇敢》……这些小说，迟子建的焦虑、惘然、忧戚和伤怀浮动。与此同时，迟子建的小说开始出现化解不了的冷硬和荒寒。在巨大的变动和毁坏面前，人性之善还能卫护我们的最后家园吗？人类能够从自然获得启示，依靠自己的力量走出精神迷失？《候鸟的勇敢》确实没有给出肯定的答案，如她自己在小说的后记中所言："我们面对的世界，无论文本内外，都是波澜重重。夕阳光影下的人，也就有了种种心事。所以《候鸟的勇敢》中，无论善良的还是作恶的，无论贫穷的还是富有的，无论衙门里还是庙宇中人，多处于精神迷途之中。我写得最令自己动情的一章，就是结局，两只在大自然中生死相依的鸟儿，没有逃脱命运的暴风雪，而埋葬它们的两个人，在获得混沌幸福的时刻，却找不到来时的路。"

作为一个大变局中的中国和世界生活和写作的作家，一个对世界抱有信仰的作家，迟子建的焦虑、惘然、忧戚和伤怀可以成就"经典"或者"样本"。一方面，"故乡对迟子建而言，可谓恩重如山。"《额尔古纳河右岸》《群山之巅》《候鸟的勇敢》都有着迟子建自《北极村童话》以来成长记忆中故乡山川风景人事的影子；另一方面，也许更重要的是，2002 年 5 月，迟子建丈夫因车祸去世。对迟子建而言，这是"与生命等长的伤痛记忆"。经此创痛，迟子建多了"沧桑感"。这种"沧桑感"在迟子建刚刚经历失去爱人的痛苦后，小说有一种"与温馨的北极村童话里决然不同的，粗粝，黯淡，艰苦，残酷，完全可以称得上绝望的生活",一直到她写作《世界上所有的夜晚》,迟子建开始具有"将自己融入人间万象的情怀",和大众之间的阶层阻隔和心灵隔膜被打破和拆除。迟子建"凭直觉寻找他们,并与之结成天然的同盟"。蒋子丹认为此时的迟子建"对个人伤痛的超越,使透心的血脉得与人物融会贯通,形成一种共同的担当。"正是这种"共同的担当"使得《额尔古纳河右岸》《群山之巅》以及《候鸟的勇敢》都是"有我""有迟子建"的影子,迟子建将自己的心血浇灌到小说。所以,苏童认为迟子建:"宽容使她对生活本身充满敬意。"正是这种"充满敬意",迟子建可以任性诚实地在近些年的小说,包括《候鸟的勇敢》让自己保留对世界想不清楚的迷惑和迷茫。

在《候鸟的勇敢》的后记里,迟子建再次强调这部小说"个人纪念"的意义。事实上,个人纪念的意义,个人纪念如何参与到迟子建2002年以来的文学创作?这个话题值得我们进一步研究。我注意到《候鸟的勇敢》发表后,一些文学评论者都注意到小说的文学地标和现实之间的隐秘关系。确实,在《候鸟的勇敢》,中国底层社会不同的空间,候鸟护管站、娘娘庙、瓦城都承担了不同的时代现实意指,尤其是对宗教、政治和经济如何在中国底层社会发生作用,进而影响到社会阶层变动和新阶层的形成,小说提供了创造性的文学想象。迟子建敏感地意识到新的家族关系如何伸展着它们的触角和神经,进而改写普通人的价值观和生活方式。这种改写从人界扩张到自然界。人对自然的改写和改造不是近代的事情,人的自觉史是和人对自然的收编史同时发生的。《候鸟的勇敢》隐匿着一个主题是:

谁能成为勇敢的候鸟？而一旦人成为自然的改写者和改造者，自然律能不能挣脱出人律？而且人律本身也是征服和收编史，就像《额尔古纳河右岸》山林文明的消逝。这个问题深究下去，必然会是世界更大的幽暗。卑微者命运上升的阶梯依靠的家族的地位显赫者，或者选择作为以恶易恶者。迟子建不可能成为丛林法则的拥趸，那文学到此为止，除了揭示恶与病痛；除了发明卑微者的生命微光；除了文学的慰藉、疗愈和救济，能不能更有力？进而，自然还能成为我们的老师？自然又如何教育着我们？而且迷失的我们还能感应到自然的教诲？迟子建相信山川大地，也肯定人的生命微光，就像小说中张阔对德秀师父与父亲的宽恕。《候鸟的勇敢》因为"个人纪念"意义的微妙平衡，有效地使得小说在道德训诫和现实批判的可能性之外，生长出更丰盈值得纪念的私人性和私密性。我相信一个好的小说家更深阔的社会问题，其起点应该是与个人痛痒相关的问题。从这种意义上，迟子建的文学价值远远没有被我们揭示。

我们如何"而去"？如何能够"节花自如"？

中篇小说《我们骑鲸而去》涉及的只是一座小岛三个人的偶遇。此种岛屿之书，实有还是异境，皆为小说家言，一天可以转数圈的小岛曾经有十几个矿工的采矿业，说不上繁华，至多算一个小作坊，但这个小作坊给未来的岛民留下电力和通讯这两笔重要的遗产。老周，一个前导演；"我"，一个落魄潦倒的诗人，一个离婚的孤家寡人，谋得一份守矿的差事，寄希望于离群索居的写作，用以疗伤；王文兰，经历过失婚、丧子、杀人、坐牢、被骗巨款。三个人无一例外都是如散落海洋的小岛一样的零余人和失败者，却是不同命运的样本。如果算上王文兰高中爱好文学，三个人都有文艺生涯。无须奇怪这个岛上有"文艺团体"，也无须找出诸多案例来证明文艺家天生与岛屿的亲缘性。小说本身就是说谎的艺术，至少是虚构和想象的艺术。至少，文艺的濡染，在建构小说人和人、人和世界关系时可以触及感觉的、抒情的和反思的各种晦暗、暧昧、难以言说的细枝末节。从小说的叙述角度，《我们骑鲸而去》虽然最终是通过"我"来完成全部叙述，但还是掺杂了老周和王文兰虚虚实实的往事与回想，这些不断被编织到"我"的叙述，扩张了"我"叙述的宽度、深度和效度。

孙频的小说几乎都关涉记忆和遗忘，伤痕和痛感，以及对这些的反思和追责，她叙述的世界一向偏内在和内倾，只有赋予人物"文艺"性才有可能处理这么细致精微的内容，这是一个小说家的限度，也是其长处。限度不等于狭隘，好的小说应该自有一种扩张能力，读者可以在小说里从一个人去想象一类人、一群人、一个阶层人等，到达更辽阔更广大的地方。

作为零余人和来自欢腾闹热世界的溃败者，《我们骑鲸而去》不是过厌了锦衣玉食的现代生活，逃归荒野的所谓表演性的现代性叙事，也并非中产阶级鸡汤的灵修秘史。我们能看到的他们是切切实实活无可活的凋敝人生，如"我"，四十多岁了还是个小科员，在单位被人呼来喝去，老婆都说"我"没用。离婚后什么都归了老婆，房子也没了，又辞了职，就想找个地方躲一躲，躲开人类，写出一部《瓦尔登湖》那样的作品，但"我"更大的作用是叙事的视角。最值得注意的是王文兰这个人物，她的生命荒芜却向上，失败也跌宕起伏，屡败屡战百折不挠，代表一种最强悍的生命，即使已经沦落荒岛给富人可有可无的一个房产做个可有可无的看管，依然不妨碍她幻想在荒岛开发旅游度假并且身体力行。她的生命在风尘仆仆中绽放微光，直至把灰烬攮出余温。孙频小说的女性往往都有从冷硬荒寒的世界不屈地拱出的力量和美，王文兰也是这样的女性。至于老周在废弃岛屿度过的日常，真的如他所说"节花自如"？或者我们换个方式去看，一个有着敏感艺术之心的逃亡者，他所经历的孤独和恐惧，多少年，他是如何做到"节花自如"？他又有怎样的黑暗心史？与王文兰的喧哗和外张恰成对比的，老周的力和美是缄默的、内敛的。

　　放在当下中国小说里看，无须注水，《我们骑鲸而去》绝对是一个长篇小说的体量，但孙频却将它做成一个大中篇小说。这固然因为孙频对中篇小说文体的偏爱。事实上，同时代小说家里，能够像孙频这样持续地写出有质量的中篇小说的已经很少见了。把一个长篇小说的体量收缩成中篇小说，已然腾挪艰难。不唯如此，《我们骑鲸而去》还要回旋出大量的空间来安放小说中以戏剧片段方式呈现的副文本。我们当然可以说出许多副文本的好处和增益，比如复调、互文，比如意义的拓殖，但这些好处和增益都是需要以空间来换取的。但《我们骑鲸而去》，并不壅塞堆叠，反而因为副文本运用和调度得恰如其分，从而开放和延展了有限的空间。确实，我们所谈论的小说空间，不只是物理意义上的。

　　可以看小说的第一副文本《哈姆雷特》最后一幕哈姆雷特临死前对霍拉旭的托付："请你把我的行事的始末根由昭告世人，解除他们的疑惑。""请你暂时牺牲一下天堂上的幸福，留在这一个冷酷的人间，替我传述我的故事吧。"孙频用《哈姆雷特》这个片段不只是意蕴的彼此参证和召唤。在《哈姆雷特》，霍拉旭是故事的叙事者，而老周的故事最终也是由"我"来讲述。哈姆雷特和霍拉旭，老周和"我"，值得注意的是，小说中老周的"世界剧场"演出的第一场剧就是《哈姆雷特》的这个片段，是不是暗示从老周遇到上岛的"我"开始就已经做好了弃世的准备？他也希望"我"有可能成为他的"哈姆雷特的霍拉旭"？小说的艺术某种程度上是时间的魔术师，借助时间的幻术，可以实现它的藏与显。就《我们骑鲸而去》而言，小说将这个戏剧片段提前，自然深意在焉，读者作为"被蒙蔽者"只有读完整个小说才能意识到其中的"深意"。

有意味的是，小说接下去老周为人偶的一段配音是哈姆雷特对霍拉旭的赞赏，却省略第一句"你就是我灵魂里选中的一个人"。如果我们意识到《哈姆雷特》这一句是和小说中所引用的部分本来连成一体的，那么，其实在"我"并未觉察（也许小说一直到最后"我"也没有能成为老周"灵魂中选中的一个人"）之时，老周已经自以为是地将"我"作为他"灵魂中选中的一个人"。人和人之不可相通，所托之人非所想，或者漫长的孤岛生活，老周去意已决，托无所托，只能一厢情愿地属意于"我"，这和小说整体的孤独感是相通的。作这样的片段并非是主观臆断，小说写道："我们俩几乎每天都要见面，每天见了面他都是这般倾其所有，每天要请我喝椰子汁再请我喝茶，还要请到他屋里，让那些木偶人为我表演《李尔王》《巴巴拉少校》《三姐妹》《暴风雨》，他对莎士比亚简直是热爱，总是夸赞莎士比亚如何伟大。"老周"倾其所有"的是物质，也是借莎士比亚戏剧而"倾其所有"的内心所藏。除了《哈姆雷特》，莎士比亚的《麦克白》和《暴风雨》也被接入小说的叙事，好像孙频熟谙了嵌入和弥合术，接入的副文本自然地汇入小说的叙事流，同时也发微、发明着小说的意义和结构。

我自然会猜测孙频为什么会选择莎士比亚这个并不冷门的剧作家接入小说作为小说的副文本，如果仅仅为了文本的炫技可以有更多的选择，当然首先是小说中的老周替孙频选择了莎士比亚。同样，这种选择的合理性只有在你读完小说之后，只有在你意识到老周的世界剧场最后那场木偶剧，关于导演甲乙的吊诡人生，其实是老周向"我"拉开的他自己的人生舞台的帷幕之后，才能理解"人生不过是一个行走的影子，一个在舞台上指手画脚的拙劣的伶人，登场片刻，就在无声无息中悄然退下。它是一个愚人所讲的故事，充满着喧哗和骚动，却找不到一点意义。""节花自如"，此岸失去了意义，在彼岸的获得，没有什么可以终止人类文明进程中的"找不到"，无论是艺术、自由还是死亡。因此，莎士比亚戏剧里的人物只是老周如许害怕和恐惧的流年光阴中的无数个自己。仅有莎士比亚无法满足老周孤独一人奔驰的冥想，它要创造出不同的戏剧，这种创造是他对自己岛屿生活的扩张和扩容。老周成为孙频的"影子作者"，承载她对世界的思考。据此，《我们骑鲸而去》，老周世界剧场的人偶故事、老周和"作者孙频"，他们在小说中不断交换着形与影，暧昧着人生和戏剧、真实和虚构的界限，在扩张和扩容小说叙事空间的同时，也扩张和扩容了对世界的想象与思考。

　　需要指出的是，在一般研究的理解里，孙频是一个"抒情性"的小说家，这用来说她早期的小说也许成立，那是她内心淤积的倾诉期，甚至是宣泄期，她需要泥沙俱下地喷发。但至少从《我曾经草叶葳蕤》（2016）开始，以及其后的《松林夜宴图》《光辉岁月》（2017）与《鲛在水中央》《天体之诗》（2019）等等，孙频的写作呈现诸多复杂的面向，除了内倾化的诗性，还有比如，如何认识社会学和小说结构学意义？如何控制小说的情绪和节奏？如何获得小说的历史感和纵深度？如何消化与自己生命等长的同时代？包括这部《我们骑鲸而去》等小说是如何对"荒"和"废"这些重要美学意象进行文学的转换和安置？等等。特别值得注意的是，思想性或者说哲思，我们现在很少用来谈论小说，尤其是对年轻作家的小说，但这可能却是孙频最近这些年有意为之去尝试的。我们往往有一个假想的现实和人性的标尺可以拿过来衡量小说家的艺术世界，比如"人性"就是很多研究孙频小说的关键词。这当然不会错，但除了我们惯常和大而化之的思路，孙频的小说有没有其他讨论的空间？比如《松林夜宴图》，孙频自己就说过，她思考的是关于"艺术的权力和历史真相的关系"。具体到现在的《我们骑鲸而去》，孙频将三个不同的生命样本收缩到孤悬荒废的小岛上，在人类文明的尽头，在杳无涯际的时间里，勘探生命与存在的意义，提供了很多有价值的话题。时间和空间的计量单位变化之后，"这个小岛上只有我们三个人，好像全世界只剩下了我们三个人。我们成了这个世界的中央。"人的感受和思想变得越发敏感，但人并未因为敏感获得一种可以安放自身的纯粹的精神生活，相反更加陷身孤独、恐惧和害怕。事实上，这种孤独、恐惧和害怕也是因人而异的，在这个命题上，有一点被孙频揭了出来，为什么王文兰却比老周和"我"可以更加免于孤独、恐惧和害怕，而这种免于并非建立在我们想象的比物质更高的精神之上，相反是对物质的永不餍足。再有，有现代以来，我们往往会想象进化的现代滋生出内心的不安和精神的匮乏，所以要逃向荒野，而《我们骑鲸而去》写到的却是当我们向后撤退之后，固然在这岛上，时光倒流，文明消亡，宇宙的规律变得前所未有的简单，更重要的是没有了人群里的种种扑朔迷离。在这岛上想起人类，竟有一种隔世的恍惚感。在这岛上，所有的历史都已经失效了，只有最原始的时间，我们像远古生物一样漫游其中，似乎又回到了时间的起点，一切文明的进化又得从头开始。"从头开始"不只是采集、渔猎、种植维持基本的物质生活，而且三个人的小型人类社会又开始重建现代交际生活。这意味着我们一直宣扬和假想的逃离和退回可以疗愈现代病可能是失效的。我们是不可能离开我们生焉长焉的当下此刻，所以，小说让"我"选择坦然地回归到"现代"，而不是退到远古蛮荒。

　　但可以预见的是《我们骑鲸而去》发表后，还会被谈到"人性"。小说家笔下在荒岛上萍水相逢的江湖儿女，亦是老周桌上"世界剧场"里的芸芸众生。亦可想象的，会有读者在"荒岛文学"的文学史谱系谈论《我们骑鲸而去》。这毫不意外，甚至小说的有一段副文本戏剧片段就来自荒岛文学的遥远鼻祖——莎士比亚的《暴风雨》。但我要提醒大家注意的是，这个名为"永生"的小岛有水有电有通讯有补给有人类工业和建筑遗址。某种意义上，荒岛又不是荒岛文学的荒岛。我不知道孙频出于怎样的考量，节制了荒岛文学的奇观化，甚至荒岛文学发展到《蝇王》的寓言化也很少在她考虑的范围里。换句话说，《我们骑鲸而去》与世隔绝，却是在人间。还可能被拿来比附的是"骑鲸"。"骑鲸"的文学意象在中国可谓源远流长，但在中国古典文学里，"骑鲸"往往联系着"游仙"。孙频不会把她的岛写成蓬莱，自然老周的骑鲸远遁于她也不是虚无缥缈地游仙去了。而且"我们骑鲸而去"，"我们"是复数，小说里，鲸鱼关联的细节是生命的自由欢畅，那么，我们各自骑鲸而去，或者老周的杳不知其所踪，或者王文兰的永不言弃，或者"我"重回"现代"，到底有多少是自由欢畅，有多少是"节花自如"，还是只是作者所寄予的人类一个最洒脱优美的背影？关于我们到底如何"而去"，又如何能够"节花自如"，她并不想回答。

2020 年 4 月

香椿树街的成长史，或者先锋的遗产

2013 年的长篇小说以余华的《第七天》和阎连科的《炸裂志》为代表，使得小说和现实的关系成为一个重要话题。很难追究谁是最先的发明者，一个很流行的说法是，当下中国的现实比小说更荒诞。我们姑且承认这个命题成立，但这是不是小说屈从现实的理由？当下中国现实确实空前荒诞，或者说芜杂，这只能说是增加了小说把握当下中国现实的难度。同样，2013 年苏童的《黄雀记》也是一部关乎整个当代中国，尤其是近三十年中国现实的小说。对现代中国的书写，20 世纪 90 年代以来，《白鹿原》《圣天门口》《笨花》等提供了将时代政治附身于家族命运的一种范本，2013 年的《第七天》《炸裂志》提供了另一种更直接的"类新闻"范本。《黄雀记》则和它们完全不同。《黄雀记》的"现实"是碎片的、偶然的、内倾的，苏童并不想在小说中建构一个秩序谨严的"稗史"中国，他更关心的现实是对小说人物可能发生"影响"的现实。因而《黄雀记》的"现实"事无巨细。极端地说，在苏童写作的意义上，"文革"对于祖父，强奸案对于保润、柳生以及庞先生的欧洲九日游对于白小姐这些"现实"可以说是没有大小轻重之分的。2008 年中日韩三国作家论坛，苏童在其演讲"我们在哪里遭遇到现实"中说："……最有震撼力的现实往往是被日常生活的灰尘所覆盖的，是在生活的角落里，在生活的阴影里。很多时候，它潜伏在文字里，因为那也是一个作家内心最强大的现实。……我们可以发现，小说提供给我们的现实不一定真实，所谓真实是要吻合我们日常生活的秩序的，这秩序与时间和空间的自然法则密切相关……形形色色的作家们在小说里虚构了形形色色的世界，每一个好的小说世界，都可以看见作家精心营造的现实，这个现实与人们的社会生活有时候有隔阂，可能隔一层窗户纸，可能隔了一座山，小说里的现实与我们的现实生活隔山相望，但有时这座山突然就消失了，两种现实融合在一起，再也不能说哪种现实是作家的现实，哪种是我们的现实。"（苏童：《我们在哪里遭遇现实》，张清华编：《中国当代作家海外演讲》，北京大学出版社 2012 年，第 114—115 页。）换句话说，苏童小说所遭遇的现实是经过内心转换之后的现实，当然我们不能说上述的两类小说对现实没有经由内心的重组和建构，但它们的重组和建构是外置的还是内源的，是否与写作者自身的精神成长密切相关，值得我们思考。纳博科夫是苏童喜欢的一个作家，他认为："一切有价值的小说家都是心理学意义上的小说家。"（纳博科夫著，唐建清译：《独抒己见》，浙江文艺出版社 2012 年，第 180 页。）这可能是我们思考《黄雀记》的一个有价值的角度。还是纳博科夫，他在 1962 年接受 BBC 电视台的访谈时，认为："真实是一种非常主观的东西。我只能将它定义为：信息的一种逐步积累和特殊化。举个例子，如一枝百合，或任何其他自然物体，一枝百合在博物学家那儿要比在普通人那儿真实。而对一个植物学家来说，它更真实得多。要是这位植物学家是个百合花专家，那这种真实则更胜一筹。这样，你离真实就越来越近，但你不可能完全达到真实，因为真实是不同阶段、认识水平和'底层'（false bottoms）的无限延续，因而不断深入、永无止境。你可能对某件事情知道得越来越多，但你难以对这件事情无所不知。这是没有希望的。所以，我们的生活多少被幽灵般的客体所包围。就拿那儿的一台机器来说，对我而言它完全是一个幽灵。"（纳博科夫著，唐建清译：《独抒己见》，浙江文艺出版社 2012 年，第 10-11 页。）或许，只有从心理学意义的、从幽灵意义的现实，我们才能理解《黄雀记》中保润炫技般的捆绑术，理解保润多年后出狱对"小拉"的执迷，也才能理解小说结尾白小姐生下的红脸怒婴等等。简单地将小说类似实验室般地还原并实证于现实是没有任何意义的。不仅仅如此，苏童是中国当代作家中少有的坚持从写作出发之处不断生发的作家，虽然在他的创作中间也会偶尔有三心二意的偏离原点，但"童年"总是能够激发苏童写作的灵感，苏童曾经这样谈论马尔克斯："我们也可以说，在马尔克斯大量地利用童年经验创作时，无意中也创造了一门童年哲学。因为有了这个所谓的童年哲学，形成了一座来往自由的桥梁，作者也好，读者也好，你可以从一个不完整的不稳定的模模糊糊的童年记忆中走到桥的那边去，桥那边有我们迷乱的现实生活，也许一切都可以被引渡，也许一切都允许置换，'过去'是回答'现在'最好的语言，简洁是对付复杂最好的手段，正如死亡是对生命的终极阐述。从某种意义上说，我们如此辛苦地拜访童年生活，只是想探索一条捷径，直抵现实生活的核心。"（苏童：《创作，我们为什么要拜访童年》，张清华编：《中国当代作家海外演讲》，北京大学出版社 2012 年，第 120-121 页。）而年届五十的苏童的童年如何能够辐射到我们的当下？一种方式就是如《黄雀记》这样书写"童年"的"影响"。

《黄雀记》的"香椿树街"是苏童和他成长的"南方"建立起一种地理意义上的文学想象。从《桑园留念》开始到，《黄雀记》，苏童已经花了整整三十年的时间去经营他的"香椿树街"。事实上，许多的文学研究正是从这里出发，去钩沉"香椿树街"怎样被苏童从记忆中打捞出来的。但即便如此，我坚持认为，讨论"香椿树街"故事的基本前提是：我相信小说家，或者小说家的某一部分，是热爱无中生有的说谎者。他们总是藏匿在文字背后，编造谎言，设置陷阱。在这样的前提下，"香椿树街"和苏童成长记忆中的任何一条街都似是不是。

说"香椿树街"肯定要追溯到《桑园留念》。虽然 1984 年的苏童已经完成了《桑园留念》，但任何一本中国当代文学史上的 1984 年却找不到《桑园留念》。现在回过头看，1984 年的中国文学界不能说不热闹，《烟壶》《北方的河》《绿化树》《棋王》《大林莽》等等都是这一年的收获。这些小说，都隐隐约约和特定的"地方"有着瓜葛。此后的几年，《桑园留念》在各个文学杂志旅行，谁会想到苏童的"桑园"故事会成为未来中国当代文学赫赫有名的地标——"香椿树街"的前史呢？苏童自己后来却确凿地说：

　　我之所以经常谈及《桑园留念》，并非因为它令人满意，只是由于它在我的创作生活中有很重要的意义。重读这篇旧作似有美好的怀旧之感，……更重要的是我后来的短篇创作的脉络从中初见端倪，一条狭窄的南方老街（后来我定名为香椿树街），一群处于青春发育期的南方少年，不安定的情感因素，突然降临于黑暗街头的血腥气味，一些在潮湿的空气中发芽溃烂的年轻生命，一些徘徊在青石板路上的扭曲的灵魂。从《桑园留念》开始，我记录了他们的故事以及他们摇晃不定的生存状态，如此创作使我津津有味并且心满意足。

我从小生长在类似"香椿树街"的一条街道上，我知道少年血是黏稠而富有文学意味的，我知道少年血在混乱无序的年月里如何流淌，凡是流淌的事物必有它的轨迹。……

《少年血》中还出现了香椿树街的另一类故事，比如《木壳收音机》和《一个礼拜天的早晨》……（苏童：《少年血·自序》，江苏文艺出版社1993年，第2页。）

我们迷信的所谓文学史其实是势利的。可以想象假如后来不是苏童"写出来了"，假如后来不是苏童固执地在文学的"香椿树街"开疆拓土。《桑园留念》即使偶然有可能被追认为经典，也只能是一部孤单的经典。但现在因为有了不断衍生、增殖出来的"香椿树街"，《桑园留念》对于苏童的个人写作史，产生了巨大的生发潜能。它的意义当然也不止于是一篇早慧之作。其实，还可以稍稍说说的是，1987年，除了《桑园留念》，《北京文学》还在此前的第 1 期发表了余华的《十八岁出门远行》。就这么凑巧,1987 年《北京文学》一开年就是勃发着横冲直撞少年的血汗气。尤可稍稍说说的是,《桑园留念》比王朔的《动物凶猛》早许多,比贾樟柯的"故乡三部曲"早更多,但他们有一样是共同的,就是我们每个人都会经历的混乱不堪的青春期。

作为一个由乡入城的乡村少年,从我的个人阅读经验看,苏童小说中那些在古旧的街道漫游的少年恰逢其时地成为我想象中抵达的别处。我沉湎其中的,是苏童小说的性、血腥、暴力、死亡。至今我仍然能轻车熟路地找到那些使我产生震颤的段落:"我看见丹玉和毛头抱在一起。我撞进去把他们分开了,然后抱起毛头,毛头的脑袋垂了下去,他是真死啦。我不敢去抱丹玉,是真的不敢。我注意到她脸上有一圈明显的牙印,我想那应该是毛头咬的,没想到他们是这么死的。"(《桑园留念》)"我看见猫头满身血污躺在三轮车上。原来是猫头死了。我头皮一麻,目瞪口呆。……我追着那辆三轮车。我看见猫头的脸被一块手帕蒙住了。他被汽车辗过的长臂长腿松弛地摊在车板上。我看不见猫头的脸,但我看见了猫头自己的滑轮车堆在他的身边。昔日街上最漂亮的滑轮车现在已成为一堆废铁残木。"(《乘滑轮车远去》)无论是怎样的主题和题材,《桑园留念》《乘滑轮车远去》《杂货店》《飞鱼》《伤心的舞蹈》《午后的故事》《怪客》这些小说底色是少年无处安放的虚空和孤独。苏童把这种东西叫"少年血"。虽然都是关于青春期的性、暴力、死亡,但《黄雀记》的死亡没有被及时兑现,而是因为保润的入狱和白小姐的出走被延宕。"少年血"时期的小说往往以死亡强制性地终止蓬勃的青春期，而《黄雀记》的青春期少年却被迫长大，也因为如此，《黄雀记》的"时间"也被顺其自然地延展到当下中国。其实，在几年前的《河岸》，苏童就通过少年的被迫长大来为他的小说开疆拓土。可以这样说，如果不这样做，苏童的小说可以从体量上将短篇小说做到《城北地带》的"长篇"，但却是中短篇小说的格局。现在苏童通过"被迫长大"的主题实现了真正意义长篇小说的格局。

　　1989 年之前的《桑园留念》《乘滑轮车远去》《午后的故事》《伤心的舞蹈》等等"香椿树街"故事还只是一个文学地标的雏形。但桑园、铁匠弄、红旗小学、三霸、猫头……"香椿树街"故事的许多基本构件都有了。这个时期的小说和苏童的个人经历之间有着隐秘的互文关系。现在看，20 世纪 80 年代作家苏童是和他的"香椿树街"差不多是同时被自觉到的。1989 年是"香椿树街"系列小说写作史上的一个重要的年份。是年，苏童写出了两个重要的"香椿树街"中篇小说：《舒农或者南方的生活》《南方的堕落》。从我个人的趣味上看，我更喜欢《舒农或者南方的生活》好勇斗狠不计得失的毁灭性青春。虽然《南方的堕落》在苏童的小说中也许声名更彰，但这部小说有着过于刻意的"新历史小说"腔调，过于装饰性的南方风景，过于显豁的，明显属于整个"香椿树街"的"仿野"建筑。相比较而言，《舒农或者南方的生活》则是青春的荷尔蒙喷薄而出。它滤去更早时候"香椿树街"故事的感伤抑郁，显得灿烂、尖锐、肉感而结实。这是一种真正的"野"，年少轻狂，不计得失，就像旷地的野葵花。《舒农或者南方的生活》是《城北地带》《刺青时代》以及《游泳池》《西瓜船》某些部分的直接源头。

　　1991—1994 年是"香椿树街"系列小说的成长期和成熟期。《城北地带》《另一种妇女生活》《刺青时代》《像天使一样美丽》《木壳收音机》《西窗》《回力牌球鞋》《沿铁路行走一公里》《灰色鸭舌帽》《狐狸》《游泳池》《纸》《小莫》……少年和市井细民，在香椿树街轮番登场。1994 年之后的四五年，苏童似乎不怎么去精心经营他的"香椿树街"。但此间，1996 年的短篇小说《犯罪现场》和 1997 年的长篇小说《菩萨蛮》却有着一些新的东西。《犯罪现场》对暴力与冷漠、罪与罚的思考内敛、扎实，考验着短篇小说巨大的容量和承受能力，类似的东西在 2003 年的《骑兵》《哭泣的耳朵》有着更阔大、成熟的表现。《菩萨蛮》写的还是"香椿树街"市井细民的庸常生活，虽然叙述者上天入地出没于阴阳两界，但客观上说带给我们的新东西不见得有《犯罪现场》那么多，但小说中的独虎在"香椿树街"少年中是一个别样的异数。

　　1999 年，回到"香椿树街"的苏童一下子拿出了《水鬼》《古巴刀》《驯子记》《独立纵队》等小说。《水鬼》写神神鬼鬼，这应该是苏童所擅长的。在"香椿树街"系列小说中，苏童说人事多，说鬼话少。但在有限地说鬼话的"香椿树街"小说中，比如《水鬼》，比如《城北地带》中关于美琪的部分，对于"香椿树街"有着相当重要的意义。进一步分析，人人鬼鬼，还有男男女女、老老少少、里里外外，这些元素在"香椿树街"系列小说可以体现为小说中人物角色。这些有着张力关系的人物角色在建构小说的"香椿树街"过程中是功能性。对抗与和解、封闭与开敞，苏童短篇小说的结构美学一定意义上正是在这些角色的关系想象中实现，而另一方面这些在小说叙述中功能性的角色又是心理性和历史性，也就是说他们都是整个"香椿树街""活着"的人。如同香椿街这条街，苏童无中生有，却又让我们感到这些芸芸众生就应该与生俱来生活在这条南方老街。沿袭着1991—1994年"香椿树街"系列小说的路数，《古巴刀》《驯子记》《独立纵队》仍然写人的心理畸变。苏童是中国作家中少有的可以将情节的分叉，人的畸变写得令人信服的。研究这两个时期的小说，我认为这是苏童"香椿树街"成长史中一个逞才、炫技的时期。其"才"与"技"不只在于苏童差不多都要给这些小说一个奇崛、突兀地翻转的结尾，更在于苏童通过滴水不漏的叙述让你不得不相信生活必须按照小说的逻辑来往前走。因而，这两个时期的"香椿树街"故事，几乎每一部小说都可以作为精神病史的样本。因此，这是苏童新世纪的起点，也是《黄雀记》的直接源头。

　　进入21世纪以来，苏童差不多以每年一篇的节奏不紧不慢地继续他的"香椿树街"故事。这些小说包括：《伞》（2001）、《白雪猪头》（2002）、《人民的鱼》（2002）、《骑兵》（2003）、《哭泣的耳朵》（2003）、《手》（2004）、《西瓜船》（2005）、《茨菰》（2006）、《为什么我们家没有电灯》（2007）等等。新世纪苏童"香椿树街"故事的"底层界"有微光，有真实的"黑"。在"饮食男女"越来越成为中产阶级花腔的时候，苏童的"香椿树街"故事开始诚实地讲述老百姓的"饮食男女"。说苏童"香椿树街"故事是"饮食男女"的，当然不是说苏童只能在"饮食男女"上做文章。本来把"饮食男女"做到极致也能成就一个优秀的作家,"香椿树街"故事写"底层界"(不是阶级)简单直接的"饮食"和"男女",却能够从日常生活,甚至日常器物见出生活的幽暗和时代的波谲云诡。

《黄雀记》的苏童和他新世纪的"香椿树街"故事一样走向"素朴",越来越离开我们想象中那个阴郁、诡异的苏童。其实阿城早就意识到苏童写作风格的变化,他认为:"南京苏童在《妻妾成群》之前,是诗大于文,……苏童以后的小说,像《妇女生活》、《红粉》、《米》等等,则转向世俗,有了以前的底子,质地绵密通透,光感适宜,再走下去难免精入化境。"(阿城:《闲话闲说——中国世俗与中国小说》,作家出版社1998年,第172页。)"写生活"的苏童越来越靠近他多次谈论的卡佛。苏童的这样写作变化和我们的写作时代是一个怎样的关系?是不是一种简单的迎合我们时代"写现实"的庸俗审美趣味?显然,我们讨论到现在有一个问题其实一直没有澄清,那就是苏童构筑他的"香椿树街"其实一直运用我们熟悉的材料,但苏童的写作事实上从来和别人不一样。比如苏童的小说有明显的时代标记,这可以是具体的年份,"这是1974年秋天的一个傍晚"(《舒农或者南方生活》),"到了1979年"(《南方的堕落》)"陶脚上那双白色的回力牌球鞋在1974年曾经吸引了几乎每一个香椿树街少年的目光"(《回力牌球鞋》)。即使没有标识出具体的年份,我们也可以从有着典型时代印记的东西上识别出故事的时代,像《哭泣的耳朵》中的"历史反革命""逃亡地主""资本家""老特务"这样政治大词。从空间上看,苏童的"香椿树街"

在"南方"；从时间上看，除了《黄雀记》苏童的"香椿树街"绝大部分在"文化大革命"时期，这应该是没有多大的疑问的。写"文革"几乎是出生 20 世纪五六十年代作家的一个心结。问题是"文革"如何叙述？如果从"伤痕文学"开始算，"文革"叙事至今已经三十年了。对于这三十年"文革"叙事的文学资源如何判断和评价，是我们今天面临一个重要问题。

应该说，重读苏童的"香椿树街"故事，会使得我们对个人记忆和集体记忆的相遇问题有了更深入的理解。很长一段时间，我对这种相遇强调的更多是一种介入性、对抗性的书写，强调对"文革"这个重要精神事件的"正面强攻"。但事实上，苏童的"香椿树街"故事，使我们可以思考到的是时代和个人之间的关系并不是一种简单的对应性影响关系。即便时代激变，与生俱来的生活依然保有自身的逻辑，成长还是成长，生活还是生活。比如"香椿树街"的性事在苏童的书写中就显示出强大的稳定性，无论今夕何年，也不管男女长幼。苏童"香椿树街"的"文革"叙事很少直接涉及书写"文革"化的场景。这不意味着苏童对"文革"这个重要的精神事件没有正面逼视、反思的能力，比如《河岸》这部长篇小说思考的"血统"这个核心问题。但苏童的"香椿树街"故事在对于个人和时代的问题上的处理却是隐微的。在时代之黑暗和我们内心与生俱来的黑暗的揭示上，苏童"香椿树街"更有价值的应该是后者。即使不从意识形态对抗的角度，这些"个人记忆"或者"小历史"书写一样获得了自足的文学意义。因此，"香椿树街"故事使我们意识到，如同"文革"这个精神事件具体每一个个体是不同的。

在"文革"题材被竞写的当下，更需要重提"文革"叙事的多样性。个人记忆获得意义可以从"我"出发走向更辽阔的世界。文学的强大力量就在于可以用文字建立起自己的宫殿，然后株守其间，或者从此出发。这样文学获得的一种立此存照的"历史意义"，也就绝不是一种"史余"了。显然，《黄雀记》的"香椿树街"故事是这样一个自然延伸的结果。虽然《黄雀记》里"文革"只是影影绰绰的"祖父的故事"，但当苏童将他写作的时代挪移到当下中国，那些从 20 世纪 90 年代就开始建立起来的个人写作风格和传统在《黄雀记》自然熟成，写"文革"的立场和视角亦可以用来写当下。

在一个难以命名的文学时代。近几年，格非从 2004 年开篇的《人面桃花》到 2006 年《山河入梦》再到 2011 年《春尽江南》的"江南三部曲"，马原的《牛鬼蛇神》以及 2013 年面世的《纠缠》，加上 2013 年苏童的《黄雀记》、余华的《第七天》，20 世纪 80 年代旧"先锋"的几员干将纷纷拿出他们的新作，这很容易让人心生王者归来的想象。事实上，应该看到，这几人中，虽然余华也有《兄弟》之后六七年的写作空白，但只有马原是从 20 世纪 80 年代直接跌落到新世纪的。先锋遗产是如何被继承，或者先锋幽灵如何游荡到新世纪，其实他们已经没有一个同进同出的共同经验了。就算他们新作并出，我们今天还能像《收获》1987 年第 5 期、1988 年第 6 期那样把他们捆绑在一起集体指认吗？从我的阅读经验来看，马原的《牛鬼蛇神》，这部杂糅很多旧作，充斥了大段貌似深刻的说教议论"新"小说完全透支了他作为 20 世纪 80 年代小说形式革命先锋的宝贵财富。而对余华的《第七天》，虽然我也有着时闻杂烩的第一观感，但就像《兄弟》的下部"写当下"一样，《第七天》这种对当下生活的贴身紧逼和正面强攻是不是应该值得尊重？有一点是肯定的，《兄弟》和《第七天》都有着余华与生俱来的"残酷"。如果不把"八十年代"的先锋遗产仅仅理解成形式上的"炫技"，它应该是更关乎作家对世界的想象，比如余华的生之"残酷"，这才是先锋最本质的东西。格非的"江南三部曲"，20世纪的很多东西被带入，被转换到后面的写作，形成一个属于格非一个人的写作谱系或者文学史。我在阅读的过程中甚至发现格非把很多的东西都进行了重写。比如说像在《人面桃花》，讲匪窝里面老是死人，格非之前的小说《敌人》就写莫名其妙的死亡。比如说像在《边缘》也就是《寂静的声音》里面的钟月楼，在家里面试验沼气，这个细节后来被挪移到了《山河入梦》了。我个人认为在格非的小说中，他一直特别喜欢写恐惧，那种无处不在的恐惧。这是他不断增殖的先锋遗产。说到这里，我们应该意识到，新世纪文学到了现在这个时候，不是简单地把20世纪80年代的先锋遗产继承并守成，而是20世纪80年代的先锋气质怎样在我们现在所处的新世纪幽灵再现的还魂。"先锋"在新世纪不再是标新立异的偏离文学惯例的姿态，而是寻找一双适合自己的鞋子。这样，我们讨论格非、余华、苏童的时候，就不再是一个共用的"先锋"空壳，而是格非、余华和苏童各自不同的"先锋"流转，每一个人都有自己的"先锋"还魂术和转换术。《黄雀记》是一个自然而然的结果。

2015年春夏之交随园西山改定

写作者是天地万物之间孤独的捎话人

　　好像大家都憋着一股心劲，2017 年上半年长篇小说的发表和出版相对平静。除了年初贾平凹的《山本》，被热烈讨论的作品并不很多，但这样的平静下半年肯定会打破，从各家刊物了解到的情况，2017 年下半年将会是名家长篇小说集中发力的半年，有的作品甚至集作家十数年之功，比如李洱的新长篇。刘亮程的《捎话》是 2017 年下半年集中发力的第一部。可以预见，《捎话》将会是本年度长篇小说的重要收获。

　　《捎话》之前，刘亮程有过长篇小说《虚土》和《凿空》，这两部小说至今并没有在中国现代长篇小说谱系中得到恰当的辨识和肯定。中国现代长篇小说谱系肯定是一个想象性的建构，这种建构在作家、批评家、出版人、文学研究者和读者的共同推动下，会形成一个或者几个中国现代长篇小说的结构原型。中国现代长篇小说的起点是在 20 世纪二三十年代。也就是在三四十年代，几种重要的中国现代长篇小说结构原型差不多全部成型，比如《子夜》那样的社会分析小说，"激流三部曲"和《四世同堂》那样的家族小说，《骆驼祥子》那样的性格成长小说。此后中国现代长篇小说几乎都是沿着这三条路各自琢磨。同时代的长篇小说当然不是没有意外，比如《桥》《长河》《死水微澜》《呼兰河传》等等，但都没有形成特别强大的谱系或者传统。以至于我们今天谈论长篇小说几乎不证自明地就是那几种经典化的结构原型。因此，要充分认识刘亮程长篇小说写作的意义，首先要解决的问题是，如何尊重经典结构谱系之外的意外？进而勘探这些意外对文学可能性的拓殖。

其实，许多时候，不是"意外"，而是因袭的文学教条使得我们自设藩篱。长篇小说写作是特别讲究"文学血统"纯正的文体，如果你是一个诗人，一个散文家，一个哲学家，甚至你是一个以短篇小说见长的写作者，当你写一部长篇小说又不是规训到长篇正典的结构谱系，而是任性地按照自己心意想象和结构，你等来的评价将会是"不像长篇小说"，或者"不会写长篇小说"。因此，如果你要在长篇小说领域被识别和关注，写作者需要对经典结构作出妥协，比如格非的"江南三部曲"和苏童的《河岸》，但我认为《敌人》和《黄雀记》是更有格非和苏童个人味道的长篇小说。确实，研究者和批评家很少去想，诗人、散文家、哲学家、甚至短篇小说家，可能给长篇小说带来的开拓精神和新意，比如诗人对世界的命名能力，散文家对日常的发现，哲学家的洞悉力和对文体的敏锐，以及短篇小说在处理细节和结构的精确等等，他们加入长篇小说可以使得长篇小说文体更丰富丰盈丰沛。刘亮程的长篇小说没有被我们充分研究，某种程度上是因为他作为散文家，是因为他的《一个人的村庄》影响太大，而刘亮程在他的长篇小说又以更庞大的篇幅扩张和放大了他对于万物细小微弱声音的谛听和澄清。那么，我们理所当然地就把刘亮程的长篇小说归属到散文。而现在看，刘亮程在中国当代长篇小说的独异性恰恰是我们认为的

"不像"那些部分。所以，研究《捎话》，包括再认刘亮程的《虚土》《凿空》对于确立刘亮程在中国当代长篇小说创作的位置，进而丰富当代长篇小说审美有着样本意义。因为，在中国当代文学中，类似于刘亮程这样"不像"长篇小说的长篇小说还有许多。

　　回到《捎话》，其意义不只是对长篇小说文体边界的拓殖。几乎所有的长篇小说，都有历史和现实的文献或者田野调查作母本。《捎话》不是像现在很多网络文学的架空、穿越，凭空向壁虚构。刘亮程自己说，写《捎话》时，唯一的参考书是成书于 11 世纪的《突厥语大辞典》，跟《捎话》故事背景相近。我从那些没写成句子的词语中，感知到那个时代的温度。每个词都在说话，她们不是镶嵌在句子里，而是单独在表达，一个个词摆脱句子，一部辞书超越时间，成为我能够看懂那个时代唯一文字。指出《捎话》所本和缘由，并不是为了在《捎话》阐释的文本建构过程中复现 11 世纪某朝某代某一个地域的历史场景。相信随着《捎话》被更多的读者和批评家，历史考据——某种程度上我们文学研究的历史维度并不是专业的考据，只能算一种似是而非的历史猜测——肯定会成为一个批评向度，但我恰恰要提醒的是，中国当代文学批评中，忽视小说的想象和虚构，过于依赖历史考据或者猜测，将某一部小说想象成对某一个阶段历史的重写，这种重写一般被描述为"小历史"或者"稗史"，其实是窄化、庸俗化文学对世界的独到把握和创造性。《捎话》并不复现过去某一时刻的历史场景，如果有则是"时代的温度"，这应该成为解读《捎话》的起点。

《捎话》不是《一个人的村庄》，但《捎话》有和《一个人的村庄》一脉相承的世界观。蒋子丹认为刘亮程的文学是"一种哲学，一种发现的哲学"。如果觉得说"哲学"过于玄虚，换一个说法其实就是他常说的万物有灵。从《一个人的村庄》到《捎话》，文体不同，但他对是在"万物有灵"之上建立对世界的理解和想象。那么，所谓的哲学其实是对万物灵性的发现，所谓"捎话"亦即我们常说的"通灵"。

极端地说，《捎话》是一部声音（语言）之书，是一部关于"捎话"这个词的"大辞典"。小说中的捎话人库，是毗沙国著名的翻译家，通数十种语言，他受毗沙昆寺委托，捎一头小毛驴到敌对国黑勒的桃花天寺。毛驴谢，她的皮毛下刻满库不知道的黑勒语经文，她能听见鬼魂说话，能看见所有声音的形状和颜色，她一路试图跟库交流。可是，这个懂几十种语言的翻译家，在谢死后才真正地听懂驴叫，由此打通人和驴间的物种障碍，最终成为人驴之间孤独的捎话者。

小说家李锐曾经说过，刘亮程在"黄沙滚滚的旷野里，同时获得了对生命和语言如此深刻的体验"。生命和语言（声音）在刘亮程是一体的。《捎话》最后写在能"看到声音颜色和形状的驴眼睛里"。注意，是声音颜色和形状，刘亮程说"声音"不是说"响动"，而是"颜色"和"形状"。世界是万物众生的世界，不同的声音（语言）在大地开辟道路，建立各自的声音的村落和城池，亦如同众生相处，众声合唱成为一个世界。

作为一部声音之书，《捎话》思考的即是有灵之万物的隔与无间——人与人、人与驴、人与鬼魂、鬼魂妥与觉之间的隔与无间。刘亮程是一个生命和声音的双重解放者。库最后既听懂驴叫，也在不同语言的覆盖中聆听到自己三岁失去的初语。小说也因此成为一部灵魂还乡之书，语言（声音）是众生大地上的故乡。因而可以说，《捎话》是一部不同声音的理解之书，"捎话人库、毛驴谢，以及鬼魂妥和觉"在天地阴阳两界旅行，在行旅中谛听最后通向的是敞开。与隔与无间相关的则是声音或者语言的隐失和澄明、征服和抵抗、遗忘和记忆。所有的声音都以各自方式的抵抗、记忆和澄明，他们被诵读、转译，被复刻在驴皮，但最终声音的栖居之所，是众生之生命本身。声音像生命唯一的行李，被记忆和唤起。声音在此生隐失，会被彼生唱响，就像驴高亢的嘶鸣，驴驴相传。顺便提及的是，驴在刘亮程的作品里从来都是性灵之物。

　　而众声即众生。众声或者众生成为小说的叙述者和叙事声音。捎话人库、毛驴谢，以及鬼魂妥和觉，以及万村千庄的鸡鸣狗吠，《捎话》从小说结构上是一部众声回响之书，虽然刘亮程只是让捎话人库、毛驴谢，以及鬼魂妥和觉等可数的"数生"作为小说的叙述人，但如果你需要，刘亮程是可以让万物众生成为一个个沛然涌动生命活力的叙述人，一个个捎话人。而芸芸众生，写作者理所当然应该成为最敏感的捎话人。我不说小说家，而说写作者，因为刘亮程既是书写者，也是一个植根大地的博物学家、行吟诗人、哲者，当然在《捎话》首先是一个出色的捎话人，一个众生之声的翻译家和故事讲述者。

变革的当代中国长篇小说如何"应物"？

　　和《应物兄》一千页出头的长度相比，其后记只有短短两页，而且几乎不涉及小说的内容，只写了和小说进程相关的几件日常琐事，但我认为这篇短后记对于理解《应物兄》尤其重要。2005 年春天动笔。动笔之前已经准备了两年多，那么这部小说的构思应该是 2003 年前后。2006 年 4 月 29 日，李洱完成了前两章，计有十八万字。然后的几年，李洱自己出车祸，母亲病重去世，一直到母亲三周年祭奠活动结束，李洱才重拾旧章。前后有五六年的时间。

　　显然《应物兄》的写作存在着两个时间，一个是小说内部的叙事时间；一个是后记提及的整部小说的写作时间。写正在行进的当代中国，且写作时间延宕十数年，这对写作者获得恰当的当代世界观和控制小说的结构带来了相当大的难度。要知道《应物兄》完成的这十数年，恰恰是中国当代社会，是中国和世界关系发生了巨大变革的时期。那么，我认为这些年李洱《应物兄》期待的瓜熟蒂落一直处于将至未至，一方面固然因为此去经年李洱个人生活的大动荡；另一方面，李洱未曾言明的是，《应物兄》关注的时代正在发生深刻的变化。这是一个流动不居的时代，对这个流动不居时代的把握和理解，不断进入到正在不断生长的小说中间，《应物兄》必须面对流动中以语言和结构凝定，如诗人冯至所写的"把住一些把握不住的事体"。恰恰因为对李洱而言，曾经未知穷期的写作过程，使得《应物兄》成为一部以如此长度的"长篇小说"处理当代生活的经典范例。毕竟，长篇小说，尤其是像《应物兄》这样包含了巨大的社会和思想容量的长篇小说，和迅疾地到达当代生活现场的其他文学样式完全不是一回事，它考验着作家对当代生活的萃取能力，也考验着一个作家如何将当下编织进一个恰如其分的历史逻辑，并在向未来无限绵延的时间里接受检验。

应该注意到李洱《应物兄》和它同时代长篇小说生产的关系。这是一个长篇叙事作品的产能和产量都充分扩张的时代，也是长篇小说概念被滥用和写作难度降低的时代，尤其是网络新媒体和资本结盟之后。2003 年前后，李洱构思《应物兄》正好是近百年中国现代文学，尤其是长篇小说未有之大变数时代的来临时刻。资本介入到网络文学生产，直接导致动辄几百万字也不鲜见的"长的叙事文学"被大量地生产出来。请注意，长的叙事文学不一定就是文体意义上的长篇小说。我们观察这二十年网络长叙事文学，能够称得上秩序谨严的长篇小说其实不多。而另一方面，长篇小说的写作、发表和出版也越来越容易。当此时刻，我们要思量的是像《应物兄》这样的时代史诗性的长篇小说有没有存在的价值，如果有存在的价值，一个作家该要有怎样的耐心、定力和洞悉力去结构这样的长篇小说？事实上，新中国七十年，哪怕是改革开放的这四十年，都在召唤着巨大型的史诗性的长篇小说。《应物兄》在此刻出现，无疑再次确立长篇小说文体作为对历史和现实有强大综合和概括能力的民族史诗和时代文体的意义。《应物兄》对汉语长篇小说而言具有正本清源的意义。

放在史诗性中国现代长篇小说的历史谱系，《应物兄》的审美拓进是多方面的。中国现代长篇小说的定型应该是在 20 世纪的三四十年代。以茅盾的《子夜》，巴金的"激流三部曲"，老舍的《骆驼祥子》《四世同堂》，李劼人的《死水微澜》，端木蕻良《科尔沁旗草原》，路翎的《财主的儿女们》，萧红的《呼兰河传》等为代表奠定了现代汉语长篇小说的"正典"型范和气象，也铺展了汉语长篇小说拓荒期的多样性。《应物兄》是《子夜》宏大和精确社会分析的现实主义一脉的，但不同的是李洱个人 20 世纪 80 年代写作的起点是中国当代现实主义深化和现代主义汲取相互激发的文学黄金时代。如果从这个文学谱系看，《应物兄》是 20 世纪 80 年代改革开放文学在新的时代的收获。《应物兄》发表和出版后，对于《应物兄》征用和收编庞杂知识，以及它的叙事结构、语言等等因小说题材、人物等和中国传统文学的隐秘沟通，论者也多从中国传统寻找阐释资源，认为《应物兄》借鉴了"经史子集"的叙事方式。但即便如此，我们应该从中国当代长篇小说发展的角度充分认识，《应物兄》应该在 20 世纪 80 年代"世界文学"的中国文学阐释视域来锚定它的文学史坐标。《应物兄》叙事的先锋性应该被充分澄清和识别出来。事实上，对现代主义的开放和接纳正是改革开放时代现实主义文学深化的重要成果。

同样需要澄清和识别的是《应物兄》不应该仅仅被认为是写近几十年知识界状态的所谓"知性小说"。极端者甚至为《应物兄》的"知识"所困，而忽视《应物兄》所关切的大问题。《应物兄》是有着大的问题意识的小说。一言以蔽之就是传统走向现代的行进的中国如何成为"世界中"的中国？事实上，《应物兄》所要反思的一个重要方面恰恰是每个人携带着各自的知识和信念在一个变革的时代如何"应物"，无论道与器，中学与西学，还是创办儒学研究院，哪怕是华学明养济哥，只有顺应当下和当世的"知识"才能成为当代的"知识"。

因此，《应物兄》中"大学"是通向我们时代的一个微小切口，知识界或者大学生活自然是《应物兄》着力书写的内容。作为一部秉持了现实主义精神的长篇小说，《应物兄》对于围绕着"太和"儒学研究院各方面的博弈以及沉渣泛起，坚守了现实主义的批判立场，但就像《应物兄》封面的星空图所示，《应物兄》在"大学"这个脉络上最大的贡献应该是对现代大学图谱的绘制以及大学精神的打捞和确证。1983 年，应物兄大学二年级，这是小说确认的现代大学承前启后的节点。有意思的是，斯年也正是李洱大学读书的元年。李洱就读的华东师大是 20 世纪 80 年代中国大学最富诗意的部分。但我们发现《应物兄》恰恰在这一有可能激发读者阅读兴趣或者可资市场卖点处涉笔甚少。这也许可以提醒我们注意，《应物兄》不是一部大学志。

1983 年，是小说的最后"正在撤离"的一代人的重新登场，他们是芸娘、乔木、双林、何为、姚鼐、程济世等等，他们接续的是闻一多，是梁启超，是西南联大，是五四新文化，是中国现代的起点。《应物兄》写当代三十年中国，却有着中国现代的起点。而他们正在撤离的，正是"应物兄们"需要填充的，

"应物兄"能不能担当起父辈们撤离的中国。明乎这条精神线索，《应物兄》将"应物兄们"和他们的父辈们安放在他们的当代，也是正在行进的中国。值得注意的，《应物兄》还存在另外的现代线索，比如葛道宏和《花腔》的葛任的关系。类似这些线索，政治的、经济的、文化的，儒、道、释，主流的、边缘民间的，中国的、世界的，一切坚固的风流云散又都在当下中国汇流，重新凝聚和定义——它们对话、碰撞、合作、拒斥，他们各自完成着自己的"当代"，它们又共同完成一个具体而微的行进和流动不居的当代中国，这就是《应物兄》的小说世界和它的中国故事，也是李洱日日相处的当代中国日常。

　　这个当代中国怎么会是一个儒学的当代转型了得？怎么能够是仅仅把大学想象成十字街头的象牙塔了得？缘此，如果我们质疑《应物兄》小说的人物形象没有自己的成长性，这其实是一个误读。如果把"人物"形象换成"物人"形象，《应物兄》，以物为人，李洱写出一个斑斓驳杂、生机充盈的活的行进的变化的中国。它有过往、当代和未来，有它的生长和展开，有着爱与创痛，希望和未来。所谓"应物"，无论是"应物无方"（《庄子》），还是"与时迁移，应物变化"（《史记》），说得通俗一点就是应物随心，尊重顺应事物，《应物兄》以行进变革的长篇小说为行进变革的当代中国赋予新意，并发明形式，它的经典化应该成为当代中国长篇小说的一个新的开始。

2019 年 9 月 18 日

几乎所有伟大的文学经典，首先都是个人秘密的经典

《人生海海》我读到的是出版社给的白皮打印的"先读本"。我不知道，这样的"先读本"送给了哪些读者，但可以肯定的是，作者对这些"先读"的读者是有心理预期的，肯定，或者亮出刀子批评，期待有一个诚实的态度。我以为，我很快能够读完，给出一个坦然的态度。

我的判断是基于近几年的阅读经验，很少有多少长篇小说让我觉得要慢读，或者值得去慢读。可是《人生海海》却无法让我快读和跳读，我在旅行中读，独处时读，一部并不厚的长篇小说，缓慢地向前推进，在极度压抑中完成阅读。

记得那是很早的清晨，黑暗一点一点退去，世界光明坦荡，而另一个黑暗是小说的世界，却弥漫覆盖掩埋所有的光亮，我被抛掷在小说无边的黑暗。我给麦家发了一条很长的信息，大致意思是说，在今天，长篇小说那么多，能够让慢下来读的并不多，甚至稀少。《人生海海》如小说写到的："积聚隐秘的能量向芯子里涌动，把未知和孤独留给我一人。"这部小说是麦家对自己旧日写作的一次"剥皮"，把标签一层一层揭开，留下他最在乎的文学，如何正面强攻人性之恶之善之繁复之未知，未有穷期，麦家要写这样的人！写他们的孤高和无望！写他们

的活着！写这样的人而成就自己的文学世界！这样的小说需要信念、执守、耐心和时刻迸发的爆发力。这样的小说对麦家自己而言，也是一次次向生命孤独处迸发，自我清洗，面向内心的幽暗，并独自承担。我知道我读《人生海海》的压抑是被小说人物和作者双重的巨大孤独感的黑洞所吞噬。这是一部向人之孤独掘进并致敬的心灵长篇。

《人生海海》问世以后，国内多家媒体在进行报道时频频提到了"八年"这一时间段。因为在"八年"之前的 2011 年，麦家出版了上一部长篇小说《刀尖》。这显然是当下不少媒体记者进行宣传报道时的惯用手法。但应该看到，媒体记者对于作家（尤其是知名作家）相邻作品出版年份间隔期的渲染与赋魅，很多时候恰恰遮掩掉很多真正需要厘清的问题。比如，从《刀尖》到《人生海海》，写作者麦家究竟要"另立"的是什么样的"山头"？以及，他在多大程度上形成了如其亮明的"另立山头"的转向？又比如，在被强调为"空白期"的八年时间里，《人生海海》是否真的毫无"痕迹"可言？

对照由《解密》《暗算》《风声》《刀尖》等作品构成的、为麦家"暴得大名"的序列谱系，《人生海海》无疑有其不容忽视的特殊性。尽管《人生海海》依旧围绕的是极端条件背景下生命个体的辗转浮沉，但其更像是《解密》《暗算》《风声》的"后传"，且这部"后传"试图跳出麦家在以往谍战小说当中对于密闭空间以及相应智性结构的迷恋，如麦家自言"回到童年""回到故乡"。

《人生海海》的主线集中于"上校"扑朔迷离的身份经历，

以及他肚皮上刺的那行神秘文字。在爷爷、父亲、老保长、林阿姨等人的叙述交代中,"上校"是个智勇兼备的"奇人",在战争年代功勋卓著。他所表现出的异禀天赋让熟悉麦家小说的读者旋即便会联想到《暗算》中的黄依依与瞎子阿炳、《解密》中的容金珍、《风声》中的李宁玉。需要指出的是,世俗认知观念下的"奇人""奇事""奇遇"在麦家一系列长篇作品内往往表现为一种"正"的应有之义,这也是其小说情节加以铺陈的逻辑前提。不过《人生海海》与《解密》《暗算》《风声》这些作品的区别之处在于,"上校"前半生的"奇"是在交错且矛盾的多人回忆中组成的过去式形象,作为童年叙述者的"我"看到的则是"上校"受挫发疯的后半生,是一个本应视作国民英雄的"奇人"不断遭受外界贬抑、继而自我精神分裂的过程。另一方面,"我"对于"上校"的态度却在这一过程间发生转变。由最初的排斥、鄙夷,直至怜悯、理解,"上校"的过往岁月如同拼图般展现在"我"的面前,成了"我"与"我"的家庭需要隐去(但同时又屡屡试图揭开)的秘密。"我"也逐渐将"上校"极力维护的秘密内嵌为自我生命历程的构成部分。

　　《人生海海》中"上校"与"我"都被挤压在极端化的时空内,但两人所遭遇的极端情境却是建立在迥异的写作策略基础之上。"上校"的九死一生与爱恨情仇是为了能够更好地呼应"上校"本身的"奇",这实质上也接续了麦家一以贯之的跌宕笔法。然而"我"年少时因家庭受"上校"出逃影响而被学校老师同学欺辱、之后为躲避村民伤害偷渡至巴塞罗那并饱受折磨苦楚,这些看似同样极端的事件却是某一类群体在若干历史阶段有迹可循的普遍经历。也正是在这时候，因为一句"人生海海"，"上校"与"我"迥异的极端生存状况形成了奇异的交叠。

"世上只有一种英雄主义，就是在认清了生活真相后依然热爱生活。"如何理解这句出自罗曼·罗兰《巨人传》、并被麦家反复引用进《人生海海》的话，事实上也意味着如何理解麦家在自述新作时格外强调的"另立山头"。毋庸置疑，包括《暗算》《解密》《风声》《刀尖》，麦家一直以来都在强调人物的异质性与偶然性，强调"特殊情境下的特殊天才"。他们在破译形形色色密码的同时，本身已然构成了一种难以言明的历史密码。《人生海海》中"我"对于"上校"身世经历的持续探寻，正是在试图"解密"关乎个体与时空之间纠缠难断的关联。但颇具意味的是，在小说的"第三部"，我们可以看到一段残缺不全的"英雄秘史"是如何影响着同样在极端环境中苦苦挣扎的青年人。甚至可以说，瞎子阿炳、黄依依、容金珍、李宁玉，这些出自麦家各个阶段小说作品中的"奇人"以及他们各自的理念信仰，都以一种微妙的方式投射进了"我"在马德里本将停滞不前的生活。因此，我之所以认为《人生海海》是《解密》《暗算》《风声》的"后传"，缘于这部小说不同于单纯的"异闻录""奇人志"，有着更为广阔的延展轨迹。《人生海海》背后不仅仅要外扬的是传奇人物的英雄行为与英雄主义，而是相应的英雄行为、英雄主义是怎样感召那些受困于残酷环境底下的寻常个体，使得他们即使被黑暗包裹却依旧能够从中获取支撑自我信念的凭证。这也随之内化为属于他们破解人性之"暗"秘密的精神动力。

　　如果有心对麦家在《刀尖》与《人生海海》之间这八年的创作情况作一个梳理，其实应该能够意识到《人生海海》绝不是横空出世的。在发表于《人民文学》2015 年第 3 期的短篇小说《日本佬》中，麦家显然已经在有意识地设立人物之间某种对应关系的"密码本"："父亲"之于"上校""林阿姨"，"关金"之于"胡司令""小瞎子"，包括两名"爷爷"最终自戕的方式与原因。《人生海海》与《日本佬》都涉及"被污名化"的"个人史"对于相应个体与家庭带来的毁灭性伤害。但在相类似的"痕迹"比较中，同样应该注意到由于长篇小说与短篇小说这两种文体的显著差异，《日本佬》实质上提供的是一种截面式的特定时空场景，而《人生海海》则以此进行叙述生长，表现出所谓的"极端化场景"是在怎样的条件下生成、普通村民又是怎样通过对他人谣言的追逐从而满足自我幽微的心理诉求，以及在《日本佬》中并未得到彰显的——英雄主义的光芒如何引导那些形同蝼蚁的受辱者去抵挡来自集体意志的曲解与敌意。

　　在 2008 年，关于麦家小说我写过一篇题为《黑暗传，或者捕风者说》的评论。在这篇文字的结尾部分，我如是写道："从《解密》《暗算》到《风声》，麦家技艺熟到几成惯例。再往下走呢？是再遭'暗算'，'风声'依旧吗？所以，现在也该是麦家对自己的写作进行清算和反思的时候了。"坦率地讲，2011 年《刀尖》出版以后，诸如此类的困惑并没有消退，或者说，反而达到了很多人对于麦家小说所形成的审美趣味的极值。而《人生海海》的"另立山头"是麦家真正地在"清算""反思"自己过往的写作路径。他"清算""反思"的方式是"回到童年"

"回到故乡"，让"上校"、容金珍、李宁玉的世界与众多微缈而有梦者的世界交织成为互通彼此的整体。

事实上，这或许也是麦家最初进行写作的秘密起点。而要知道，几乎所有伟大的文学经典，本身首先是个人秘密的经典，亦即个体生命跌宕流转的秘史——如果所见之文字是一个作家的阳面，另有一个阴面则是作家成长史的秘密经典，而这一切之秘密，童年常常是最深邃幽微之处，这是《人生海海》之阴面。

大头马会不会成为人们喜闻乐见的小说家？

1. 如果仿大头马"指南"式小说的写法，首先应该指出"喜闻乐见"的出处。

出处一："喜闻乐见"参见大头马小说《一块丽兹饭店那么大的沉香》，这篇小说将会在《西湖》杂志发表。原文是："你看，到这里，我已经又让故事朝着那种读者所喜闻乐见的方向发展了，你看出来了，男主人公是个有钱人，苛刻、顽固、老派、有原则、有坚守的有钱人。他坚持不为改善女主人公的职业发展做任何贡献，'你必须靠自己。'"

按照小说标注的写作时间，这篇小说写于 2016 年 10 月。差不多也正是这个时候，大头马在《上海文学》发表她的早期代表作《米其林三星交友指南》。《上海文学》在大头马的写作生涯中有着重要意义。2015 年 10 月，《上海文学》在"新人场特辑"发表了大头马的短篇小说《普通人》。这篇小说是大头马长期在"天涯"和"豆瓣"厮混之后，在传统文学期刊的重要亮相。

附注：大头马虽然出生于 1989 年，但用她自己的说法其实是"泛 90 后"。以"十"为单位计量的文学代际研究要注意到大头马这样跨代际的作家。继"50 后""60 后""70 后""80 后"这些文学代际概念之后，文学界自然而然地提出了"90 后"。

相信之后还有"00后"。2016年之后，特别是2017年，"90后"成为中国文学界一个"假装"引人注目的文学现象。《芙蓉》《人民文学》《收获》《作品》《青年文学》《青年作家》等文学期刊均以较大篇幅集中推出"90后"作家。其实，"90后"作家的出场应该比2016年更早，比如《上海文学》的"新人场特辑"，比如《天南》杂志很早就连续发表了"90后"小说家周恺的多篇小说。

出处二："喜闻乐见"更有名的出处应该是毛泽东的《中国共产党在民族战争中的地位》。《中国共产党在民族战争中的地位》是毛泽东1938年10月14日在中共六届六中全会所作政治报告《论新阶段》的第七部分，最早收入同年11月5日编印的《中共扩大的六中全会文献》，编入《毛泽东选集》第2卷时单独成篇。毛泽东指出："洋八股必须废止，空洞抽象的调头必须少唱，教条主义必须休息，而代之以新鲜活泼的，为中国老百姓所喜闻乐见的中国作风和中国气派。"从此以后，毛泽东的这段话作为一个衡量文艺的尺度不断被引用。

2. 我和大头马认识很晚，在微信时代，交往也不频繁。

2017年10月——行文至此，发现"10月"是和大头马相关度很高的月份——我和复旦大学中文系金理教授共同发起"双城文学批评工作坊"，邀请上海和南京两地青年批评家每年就某一重要文学话题与青年作家和艺术家进行集中探讨。第一届的话题是"文学的冒犯和青年作家的成长"，大头马受金理邀请参加了工作坊。和与会的黎幺、陈志炜、三三、王昊然等等一样，就我们的观察和想象，大头马也是同时代青年写作者中具有异质性的，他们的写作或多或少对既有文学惯例带来一些冒犯，他们的写作姿态也具有一定程度的先锋性。

在此工作坊之前，我只读过大头马的《米其林三星交友指南》。

工作坊似乎并未对青年写作达成什么共识，也没有类似 20 世纪 80 年代文学活动的宣言之类。

工作坊的前一天晚上，著名评论家张新颖教授和大家一起小聚，批评家方岩出去买了很好的酒，是和张定浩，还是黄德海一起出去买的？记不确切了。工作坊结束的当晚，大家在复旦大学周围辗转了三个场子，从正餐、到小酒馆，到夜宵摊，吃了很多东西喝了各种酒，对一些文学话题某些作家的评价也有比工作坊中有更激烈的臧否和站队。这些也许都不重要，重要的是，可以肯定，啤酒喝到无味，"小二"这种酒是大头马要的。你可以想象大头马喊来一瓶"小二"是什么风神气度。

大头马是一个爽朗开拓的人。

这次工作坊之后，不到一年时间，我分别在南京和北京见到大头马三次，其中一次是有鲁迅文学院高研班参加的活动——关于我们时代需要不需要史诗的小型研讨。一转身忽然见到大头马，我第一句是："你也参加这个班啦？"其中惊奇，是我觉得大头马和这个班有什么违和之处吗？文学前辈邱华栋就很喜欢大头马的小说啊。而且，如果大头马可以彻底地融入他们，不说明她可以在更广泛的人群中间很喜闻乐见了吗？或者，用网络语说是"很社会"了吗？这是中国目前绝大多数青年作家给自己设计的前路，但这次见面好几个月之后，在北京再遇到大头马，听她说，结果很不乐观。其时座中还有年轻小说家陈志炜、索耳和杜梨。

3. 就发表而言，最近的大头马似乎开始为文学界喜闻乐见了。

都是第五期。

在《收获》，大头马加入了一众青年作家小说专辑，这是这几年《收获》约定俗成的发现有潜力文学青年的专号。今年这期专号除了大头马，还有王苏辛、班宇、董夏青青、庞羽、李唐、徐畅、郭爽、顾文艳等等，俨然代表着当代青年写作的"各个届别"。顺便说一句，《收获》这些年的专号，和20世纪80年代后期的两个著名青年专号相比，貌似更包容，不再强调文学的"极端主义"。这之后，大头马也参加了《收获》和清华大学联合主办的青年作家工作坊。

在《花城》的"花城关注"，大头马和李若、沈书枝放在一起讨论当下文学"谁在写作"之"谁"的多主语重叠。在小说之外，大头马的旅行文学是该期关注的重点。马拉松运动热爱者大头马在世界各地的跑步和见闻是我特别感兴趣的。所以，当我给译林出版社主编一套当下青年写作的"现场文丛"时，毫不犹豫选了大头马的旅行文学。

4. 我和大头马开玩笑说，你快从一个小众冷门小说家，成为大众流行作家了。

《幻听音乐史》《塞缪尔传》和《一块丽兹饭店那么大的沉香》在当下汉语文学中是有中国小说精神气韵的小说。

如果我们不把小说仅仅看成近代西方的舶来品。道听途说、丛残小语，中国小说在史传正大庄严的传统之外，自先秦诸子寓言、世说新语、唐宋传奇、话本、笔记、明清小说等等一路下来，往往是文人和民间合流。某种程度上，真正的中国小说是在民间写作的小说，文人介入小说自然也"不免俗""不脱俗"。而现代中国小说也是以反对贵族文学和山林文学为起点，但却走向疏离大众"居庙堂之高"的孤绝高冷。

网络时代为在民间再造"中国小说"提供了可能。比如大头马，《塞缪尔传》以唐传奇笔法写美国硬汉派推理风格小说，重新复活中国小说的传奇和训诫传统。《幻听音乐史》很容易联想到博尔赫斯等小说大师，但《幻听音乐史》的异国故事，也可以视作是唐宋传奇风的小说。其实，唐宋传奇迷恋想象的异邦，游走阴阳两界，述奇人异事，不过是另一种"异国故事"。这两篇小说，和大头马习惯的一本正经而有趣的"胡说八道"不同，是认真地向中国传奇传统致敬。

《一块丽兹饭店那么大的沉香》，我们不确定丽兹饭店和巴黎和海明威的隐秘关系，这篇小说有很多文艺冷知识。当然，经过豆瓣洗礼，或者遇到这些冷知识只要不厌其烦地"豆瓣"补课，是很容易获解的。文学批评的工作，可以去证明这些冷知识和小说核心情节之间的互文，但对大头马而言，这也可以是信手拈来的随想随记，它们推动小说，"形式化"小说，也可能只是旁逸斜出的闲笔而已。这篇小说和大头马同时期的"指南"系列可以对读，你可以说她戏谑且炫技，就像一个魔法师一边变戏法一边拆解其中的机关。对于更多读者的阅读体验而言，能否从中获得更多的阅读快感？需要更多的实证。

如果小说的最终目的就是在虚构意义上建筑一个"真实"的世界，大头马的方式是反其道而行之的，她是预想假想这个世界的存在，然后一点一点拆解了再组装给你看。

给自以为小说核心技术被少数天赋异禀之人垄断的神秘主义文学观祛魅，拆碎小说七宝楼台，大头马兼具小说家和批评家的双重身份，同时也赋予了读者和她共同完成小说的权利。在这里，大头马和方兴未艾的电子游戏从本质上更有亲缘性。值得注意的是，传统文学期刊之外，这些烧脑、开脑洞的小说，在青年写作中不乏其人，他们被热爱他们的粉丝读者"喜闻乐见"。这可能也是到目前为止，大头马，一个出版了"不畅销小说指南"的小说家被"喜闻乐见"的现实——她的读者，她的"人们"。

2018 年 8 月 8 日